Fr

D

und andere Prosa

Herausgegeben von
Michael Müller

Philipp Reclam jun. Stuttgart

Zur Textgestalt siehe Seite 89 ff.

Erläuterungen und Dokumente zu Kafkas *Urteil* liegen
unter Nr. 16001 in Reclams Universal-Bibliothek vor.

Universal-Bibliothek Nr. 9677
Alle Rechte vorbehalten
© 1995 Philipp Reclam jun. GmbH & Co., Stuttgart
Gesamtherstellung: Reclam, Ditzingen. Printed in Germany 2004
RECLAM und UNIVERSAL-BIBLIOTHEK sind eingetragene Marken
der Philipp Reclam jun. GmbH & Co., Stuttgart
ISBN 3-15-009677-4

www.reclam.de

Inhalt

Gespräch mit dem Beter

Es gab eine Zeit, in der ich Tag um Tag in eine Kirche ging, denn ein Mädchen, in das ich mich verliebt hatte, betete dort kniend eine halbe Stunde am Abend, unterdessen ich sie in Ruhe betrachten konnte.

Als einmal das Mädchen nicht gekommen war und ich unwillig auf die Betenden blickte, fiel mir ein junger Mensch auf, der sich mit seiner ganzen mageren Gestalt auf den Boden geworfen hatte. Von Zeit zu Zeit packte er mit der ganzen Kraft seines Körpers seinen Schädel und schmetterte ihn seufzend in seine Handflächen, die auf den Steinen auflagen.

In der Kirche waren nur einige alte Weiber, die oft ihr eingewickeltes Köpfchen mit seitlicher Neigung drehten, um nach dem Betenden hinzusehn. Diese Aufmerksamkeit schien ihn glücklich zu machen, denn vor jedem seiner frommen Ausbrüche ließ er seine Augen umgehn, ob die zuschauenden Leute zahlreich wären. Ich fand das ungebührlich und beschloß ihn anzureden, wenn er aus der Kirche ginge, und ihn auszufragen, warum er in dieser Weise bete. Ja, ich war ärgerlich, weil mein Mädchen nicht gekommen war.

Aber erst nach einer Stunde stand er auf, schlug ein ganz sorgfältiges Kreuz und ging stoßweise zum Becken. Ich stellte mich auf dem Wege zwischen Becken und Türe auf und wußte, daß ich ihn nicht ohne Erklärung durchlassen würde. Ich verzerrte meinen Mund, wie ich es immer als Vorbereitung tue, wenn ich mit Bestimmtheit reden will. Ich trat mit dem rechten Beine vor und stützte mich darauf, während ich das linke nachlässig auf der Fußspitze hielt; auch das gibt mir Festigkeit.

Nun ist es möglich, daß dieser Mensch schon auf mich schielte, als er das Weihwasser in sein Gesicht spritzte, vielleicht auch hatte er mich schon früher mit Besorgnis bemerkt, denn jetzt unerwartet rannte er zur Türe hinaus. Die

Glastür schlug zu. Und als ich gleich nachher aus der Türe
trat, sah ich ihn nicht mehr, denn dort gab es einige schmale
Gassen und der Verkehr war mannigfaltig.

In den nächsten Tagen blieb er aus, aber mein Mädchen
kam. Sie war in dem schwarzen Kleide, welches auf den
Schultern durchsichtige Spitzen hatte, – der Halbmond des
Hemdrandes lag unter ihnen –, von deren unterem Rande
die Seide in einem wohlgeschnittenen Kragen niederging.
Und da das Mädchen kam, vergaß ich den jungen Mann und
selbst dann kümmerte ich mich nicht um ihn, als er später
wieder regelmäßig kam und nach seiner Gewohnheit betete.
Aber immer ging er mit großer Eile an mir vorüber, mit ab-
gewendetem Gesichte. Vielleicht lag es daran, daß ich mir
ihn immer nur in Bewegung denken konnte, so daß es mir,
selbst wenn er stand, schien, als schleiche er.

Einmal verspätete ich mich in meinem Zimmer. Trotzdem
ging ich noch in die Kirche. Ich fand das Mädchen nicht
mehr dort und wollte nach Hause gehn. Da lag dort wieder
dieser junge Mensch. Die alte Begebenheit fiel mir jetzt ein
und machte mich neugierig.

Auf den Fußspitzen glitt ich zum Türgang, gab dem blin-
den Bettler, der dort saß, eine Münze und drückte mich ne-
ben ihn hinter den geöffneten Türflügel; dort saß ich eine
Stunde lang und machte vielleicht ein listiges Gesicht. Ich
fühlte mich dort wohl und beschloß öfters herzukommen.
In der zweiten Stunde fand ich es unsinnig hier wegen des
Beters zu sitzen. Und dennoch ließ ich noch eine dritte
Stunde schon zornig die Spinnen über meine Kleider krie-
chen, während die letzten Menschen lautatmend aus dem
Dunkel der Kirche traten.

Da kam er auch. Er ging vorsichtig und seine Füße be-
tasteten zuerst leichthin den Boden, ehe sie auftraten.

Ich stand auf, machte einen großen und geraden Schritt
und ergriff den jungen Menschen. »Guten Abend«, sagte ich
und stieß ihn, meine Hand an seinem Kragen, die Stufen
hinunter auf den beleuchteten Platz.

Als wir unten waren, sagte er mit einer völlig unbefestig-
ten Stimme: »Guten Abend, lieber, lieber Herr, zürnen Sie
mir nicht, Ihrem höchst ergebenen Diener.«

»Ja«, sagte ich, »ich will Sie einiges fragen, mein Herr;
voriges Mal entkamen Sie mir, das wird Ihnen heute kaum
gelingen.«

»Sie sind mitleidig, mein Herr, und Sie werden mich nach
Hause gehen lassen. Ich bin bedauernswert, das ist die
Wahrheit.«

»Nein«, schrie ich in den Lärm der vorüberfahrenden
Straßenbahn, »ich lasse Sie nicht. Gerade solche Geschichten gefallen mir. Sie sind ein Glücksfang. Ich beglückwün-
sche mich.«

Da sagte er: »Ach Gott, Sie haben ein lebhaftes Herz und
einen Kopf aus einem Block. Sie nennen mich einen Glücksfang, wie glücklich müssen Sie sein! Denn mein Unglück ist
ein schwankendes Unglück, ein auf einer dünnen Spitze
schwankendes Unglück und berührt man es, so fällt es auf
den Frager. Gute Nacht, mein Herr.«

»Gut«, sagte ich und hielt seine rechte Hand fest, »wenn
Sie mir nicht antworten werden, werde ich hier auf der
Gasse zu rufen anfangen. Und alle Ladenmädchen, die jetzt
aus den Geschäften kommen und alle ihre Liebhaber, die
sich auf sie freuen, werden zusammenlaufen, denn sie werden glauben, ein Droschkenpferd sei gestürzt oder etwas
dergleichen sei geschehen. Dann werde ich Sie den Leuten
zeigen.«

Da küßte er weinend abwechselnd meine beiden Hände.
»Ich werde Ihnen sagen, was Sie wissen wollen, aber bitte,
gehen wir lieber in die Seitengasse drüben.« Ich nickte und
wir gingen hin.

Aber er begnügte sich nicht mit dem Dunkel der Gasse,
in der nur weit voneinander gelbe Laternen waren, sondern
er führte mich in den niedrigen Flurgang eines alten Hauses
unter ein Lämpchen, das vor der Holztreppe tropfend hing.

Dort nahm er wichtig sein Taschentuch und sagte, es auf

eine Stufe breitend: »Setzt Euch doch lieber Herr, da könnt Ihr besser fragen, ich bleibe stehen, da kann ich besser antworten. Quält mich aber nicht.«

Da setzte ich mich und sagte, indem ich mit schmalen Augen zu ihm aufblickte: »Ihr seid ein gelungener Tollhäusler, das seid Ihr! Wie benehmt Ihr Euch doch in der Kirche! Wie ärgerlich ist das und wie unangenehm den Zuschauern! Wie kann man andächtig sein, wenn man Euch anschauen muß.«

Er hatte seinen Körper an die Mauer gepreßt, nur den Kopf bewegte er frei in der Luft. »Ärgert Euch nicht – warum sollt Ihr Euch ärgern über Sachen, die Euch nicht angehören. Ich ärgere mich, wenn ich mich ungeschickt benehme; benimmt sich aber nur ein anderer schlecht, dann freue ich mich. Also ärgert Euch nicht, wenn ich sage, daß es der Zweck meines Lebens ist, von den Leuten angeschaut zu werden.«

»Was sagt Ihr da«, rief ich viel zu laut für den niedrigen Gang, aber ich fürchtete mich dann, die Stimme zu schwächen, »wirklich was sagtet Ihr da. Ja ich ahne schon, ja ich ahnte es schon, seit ich Euch zum erstenmal sah, in welchem Zustande Ihr seid. Ich habe Erfahrung und es ist nicht scherzend gemeint, wenn ich sage, daß es eine Seekrankheit auf festem Lande ist. Deren Wesen ist so, daß Ihr den wahrhaftigen Namen der Dinge vergessen habt und über sie jetzt in einer Eile zufällige Namen schüttet. Nur schnell, nur schnell! Aber kaum seid Ihr von ihnen weggelaufen, habt Ihr wieder ihre Namen vergessen. Die Pappel in den Feldern, die Ihr den ›Turm von Babel‹ genannt habt, denn Ihr wußtet nicht oder wolltet nicht wissen, daß es eine Pappel war, schaukelt wieder namenlos und Ihr müßt sie nennen ›Noah, wie er betrunken war‹.«

Ich war ein wenig bestürzt, als er sagte: »Ich bin froh, daß ich das, was Ihr sagtet, nicht verstanden habe.«

Aufgeregt sagte ich rasch: »Dadurch, daß Ihr froh seid darüber, zeigt Ihr, daß Ihr es verstanden habt.«

»Freilich habe ich es gezeigt, gnädiger Herr, aber auch Ihr habt merkwürdig gesprochen.«

Ich legte meine Hände auf eine obere Stufe, lehnte mich zurück und fragte in dieser fast unangreifbaren Haltung, welche die letzte Rettung der Ringkämpfer ist: »Ihr habt eine lustige Art, Euch zu retten, indem Ihr Eueren Zustand bei den anderen voraussetzt.«

Daraufhin wurde er mutig. Er legte die Hände ineinander, um seinem Körper eine Einheit zu geben, und sagte unter leichtem Widerstreben: »Nein, ich tue das nicht gegen alle, zum Beispiel auch gegen Euch nicht, weil ich es nicht kann. Aber ich wäre froh, wenn ich es könnte, denn dann hätte ich die Aufmerksamkeit der Leute in der Kirche nicht mehr nötig. Wisset Ihr, warum ich sie nötig habe?«

Diese Frage machte mich unbeholfen. Sicherlich, ich wußte es nicht und ich glaube, ich wollte es auch nicht wissen. Ich hatte ja auch nicht hierher kommen wollen, sagte ich mir damals, aber der Mensch hatte mich gezwungen, ihm zuzuhören. So brauchte ich ja jetzt bloß meinen Kopf zu schütteln, um ihm zu zeigen, daß ich es nicht wußte, aber ich konnte meinen Kopf in keine Bewegung bringen.

Der Mensch, welcher mir gegenüber stand, lächelte. Dann duckte er sich auf seine Knie nieder und erzählte mit schläfriger Grimasse: »Es hat niemals eine Zeit gegeben, in der ich durch mich selbst von meinem Leben überzeugt war. Ich erfasse nämlich die Dinge um mich nur in so hinfälligen Vorstellungen, daß ich immer glaube, die Dinge hätten einmal gelebt, jetzt aber seien sie versinkend. Immer, lieber Herr, habe ich eine Lust, die Dinge so zu sehen, wie sie sich geben mögen, ehe sie sich mir zeigen. Sie sind da wohl schön und ruhig. Es muß so sein, denn ich höre oft Leute in dieser Weise von ihnen reden.«

Da ich schwieg und nur durch unwillkürliche Zuckungen in meinem Gesichte zeigte, wie unbehaglich mir war, fragte er: »Sie glauben nicht daran, daß die Leute so reden?«

Ich glaubte, nicken zu müssen, konnte es aber nicht.

»Wirklich, Sie glauben nicht daran? Ach hören Sie doch;
als ich als Kind nach einem kurzen Mittagsschlaf die Augen
öffnete, hörte ich noch ganz im Schlaf befangen meine Mutter in natürlichem Ton vom Balkon hinunterfragen: ›Was
machen Sie meine Liebe. Es ist so heiß.‹ Eine Frau antwortete aus dem Garten: ›Ich jause im Grünen.‹ Sie sagten es
ohne Nachdenken und nicht allzu deutlich, als müßte es jeder erwartet haben.«

Ich glaubte, ich sei gefragt, daher griff ich in die hintere
Hosentasche und tat, als suchte ich dort etwas. Aber ich
suchte nichts, sondern ich wollte nur meinen Anblick ver-
ändern, um meine Teilnahme am Gespräch zu zeigen. Dabei
sagte ich, daß dieser Vorfall so merkwürdig sei und daß ich
ihn keineswegs begreife. Ich fügte auch hinzu, daß ich an
dessen Wahrheit nicht glaube und daß er zu einem bestimmten Zweck, den ich gerade nicht einsehe, erfunden
sein müsse. Dann schloß ich die Augen, denn sie schmerzten mich.

»Oh, das ist doch gut, daß Ihr meiner Meinung seid und
es war uneigennützig, daß Ihr mich angehalten habt, um
mir das zu sagen.

Nicht wahr, warum sollte ich mich schämen – oder warum sollten wir uns schämen –, daß ich nicht aufrecht und
schwer gehe, nicht mit dem Stock auf das Pflaster schlage
und nicht die Kleider der Leute streife, welche laut vorübergehen. Sollte ich nicht vielmehr mit Recht trotzig klagen
dürfen, daß ich als Schatten mit eckigen Schultern die Häuser entlang hüpfe, manchmal in den Scheiben der Auslags-
fenster verschwindend.

Was sind das für Tage, die ich verbringe! Warum ist alles
so schlecht gebaut, daß bisweilen hohe Häuser einstürzen,
ohne daß man einen äußeren Grund finden könnte. Ich
klettere dann über die Schutthaufen und frage jeden, dem
ich begegne: ›Wie konnte das nur geschehn! In unserer Stadt
– ein neues Haus – das ist heute schon das fünfte – bedenken Sie doch.‹ Da kann mir keiner antworten.

Oft fallen Menschen auf der Gasse und bleiben tot liegen. Da öffnen alle Geschäftsleute ihre mit Waren verhangenen Türen, kommen gelenkig herbei, schaffen den Toten in ein Haus, kommen dann, Lächeln um Mund und Augen, heraus und reden: ›Guten Tag – der Himmel ist blaß – ich verkaufe viele Kopftücher – ja, der Krieg.‹ Ich hüpfe ins Haus und nachdem ich mehrere Male die Hand mit dem gebogenen Finger furchtsam gehoben habe, klopfe ich endlich an dem Fensterchen des Hausmeisters. ›Lieber Mann‹, sage ich freundlich, ›es wurde ein toter Mensch zu Ihnen gebracht. Zeigen Sie mir ihn, ich bitte Sie.‹ Und als er den Kopf schüttelt, als wäre er unentschlossen, sage ich bestimmt: ›Lieber Mann. Ich bin Geheimpolizist. Zeigen Sie mir gleich den Toten.‹ ›Einen Toten‹, fragt er jetzt und ist fast beleidigt. ›Nein, wir haben keinen Toten hier. Es ist ein anständiges Haus.‹ Ich grüße und gehe.

Dann aber, wenn ich einen großen Platz zu durchqueren habe, vergesse ich an alles. Die Schwierigkeit dieses Unternehmens verwirrt mich und ich denke oft bei mir: ›Wenn man so große Plätze nur aus Übermut baut, warum baut man nicht auch ein Steingeländer, das durch den Platz führen könnte. Heute bläst ein Südwestwind. Die Luft auf dem Platz ist aufgeregt. Die Spitze des Rathausturmes beschreibt kleine Kreise. Warum macht man nicht Ruhe in dem Gedränge? Alle Fensterscheiben lärmen und die Laternenpfähle biegen sich wie Bambus. Der Mantel der heiligen Maria auf der Säule windet sich und die stürmische Luft reißt an ihm. Sieht es denn niemand? Die Herren und Damen, die auf den Steinen gehen sollten, schweben. Wenn der Wind Atem holt, bleiben sie stehen, sagen einige Worte zueinander und verneigen sich grüßend, stößt aber der Wind wieder, können sie ihm nicht widerstehn und alle heben gleichzeitig ihre Füße. Zwar müssen sie fest ihre Hüte halten, aber ihre Augen schauen lustig, als wäre milde Witterung. Nur ich fürchte mich.‹« –

Mißhandelt, wie ich war, sagte ich: »Die Geschichte, die

Sie früher erzählt haben von Ihrer Frau Mutter und der
Frau im Garten finde ich gar nicht merkwürdig. Nicht nur,
daß ich viele derartige Geschichten gehört und erlebt habe,
so habe ich sogar bei manchen mitgewirkt. Diese Sache ist
doch ganz natürlich. Meinen Sie, ich hätte, wenn ich am Bal-   5
kon gewesen wäre, nicht dasselbe sagen können und aus
dem Garten dasselbe antworten können? Ein so einfacher
Vorfall.«

Als ich das gesagt hatte, schien er sehr beglückt. Er sagte,
daß ich hübsch gekleidet sei, und daß ihm meine Halsbinde   10
sehr gefalle. Und was für eine feine Haut ich hätte. Und Ge-
ständnisse würden am klarsten, wenn man sie widerriefe.

Gespräch mit dem Betrunkenen

Als ich aus dem Haustor mit kleinen Schritte trat, wurde ich von dem Himmel mit Mond und Sternen und großer Wölbung und von dem Ringplatz mit Rathaus, Mariensäule und Kirche überfallen.

Ich ging ruhig aus dem Schatten ins Mondlicht, knöpfte den Überzieher auf und wärmte mich; dann ließ ich durch Erheben der Hände das Sausen der Nacht schweigen und fing zu überlegen an:

»Was ist es doch, daß Ihr tut, als wenn Ihr wirklich wäret. Wollt Ihr mich glauben machen, daß ich unwirklich bin, komisch auf dem grünen Pflaster stehend? Aber doch ist es schon lange her, daß du wirklich warst, du Himmel, und du Ringplatz bist niemals wirklich gewesen.«

»Es ist ja wahr, noch immer seid Ihr mir überlegen, aber doch nur dann, wenn ich Euch in Ruhe lasse.«

»Gott sei Dank, Mond, du bist nicht mehr Mond, aber vielleicht ist es nachlässig von mir, daß ich dich Mondbenannten noch immer Mond nenne. Warum bist du nicht mehr so übermütig, wenn ich dich nenne ›Vergessene Papierlaterne in merkwürdiger Farbe‹. Und warum ziehst du dich fast zurück, wenn ich dich ›Mariensäule‹ nenne und ich erkenne deine drohende Haltung nicht mehr Mariensäule, wenn ich dich nenne ›Mond, der gelbes Licht wirft‹.«

»Es scheint nun wirklich, daß es Euch nicht gut tut, wenn man über Euch nachdenkt; Ihr nehmt ab an Mut und Gesundheit.«

»Gott, wie zuträglich muß es erst sein, wenn Nachdenkender vom Betrunkenen lernt!«

»Warum ist alles still geworden. Ich glaube es ist kein Wind mehr. Und die Häuschen, die oft wie auf kleinen Rädern über den Platz rollen, sind ganz festgestampft – still – still – man sieht gar nicht den dünnen, schwarzen Strich, der sie sonst vom Boden trennt.«

Und ich setzte mich in Lauf. Ich lief ohne Hindernis drei-

mal um den großen Platz herum und da ich keinen Betrunkenen traf, lief ich ohne die Schnelligkeit zu unterbrechen
und ohne Anstrengung zu verspüren gegen die Karlsgasse.
Mein Schatten lief oft kleiner als ich neben mir an der
Wand, wie in einem Hohlweg zwischen Mauer und Stra-
ßengrund.

Als ich bei dem Hause der Feuerwehr vorüberkam, hörte
ich vom kleinen Ring her Lärm und als ich dort einbog, sah
ich einen Betrunkenen am Gitterwerk des Brunnens stehn,
die Arme wagrecht haltend und mit den Füßen, die in
Holzpantoffeln staken, auf die Erde stampfend.

Ich blieb zuerst stehn, um meine Atmung ruhig werden
zu lassen, dann ging ich zu ihm, nahm meinen Zylinder
vom Kopfe und stellte mich vor:

»Guten Abend, zarter Edelmann, ich bin dreiundzwanzig
Jahre alt, aber ich habe noch keinen Namen. Sie aber kommen sicher mit erstaunlichen, ja mit singbaren Namen aus
dieser großen Stadt Paris. Der ganz unnatürliche Geruch
des ausgleitenden Hofes von Frankreich umgibt Sie.«

»Sicher haben Sie mit Ihren gefärbten Augen jene großen
Damen gesehn, die schon auf der hohen und lichten Terrasse
stehn, sich in schmaler Taille ironisch umwendend, während
das Ende ihrer auch auf der Treppe ausgebreiteten bemalten
Schleppe noch über dem Sand des Gartens liegt. – Nicht
wahr, auf langen Stangen, überall verteilt, steigen Diener in
grauen frechgeschnittenen Fräcken und weißen Hosen, die
Beine um die Stange gelegt, den Oberkörper aber oft nach
hinten und zur Seite gebogen, denn sie müssen an Stricken
riesige graue Leinwandtücher von der Erde heben und in der
Höhe spannen, weil die große Dame einen nebligen Morgen
wünscht.« Da er sich rülpste, sagte ich fast erschrocken:
»Wirklich, ist es wahr, Sie kommen Herr aus unserem Paris,
aus dem stürmischen Paris, ach, aus diesem schwärmerischen
Hagelwetter?« Als er sich wieder rülpste, sagte ich verlegen:
»Ich weiß, es widerfährt mir eine große Ehre.«

Und ich knöpfte mit raschen Fingern meinen Überzieher
zu, dann redete ich inbrünstig und schüchtern:

»Ich weiß, Sie halten mich einer Antwort nicht für würdig, aber ich müßte ein verweintes Leben führen, wenn ich Sie heute nicht fragte.«

»Ich bitte Sie, so geschmückter Herr, ist das wahr, was man mir erzählt hat. Gibt es in Paris Menschen, die nur aus verzierten Kleidern bestehn und gibt es dort Häuser, die bloß Portale haben und ist es wahr, daß an Sommertagen der Himmel über der Stadt fliehend blau ist, nur verschönt durch angepreßte weiße Wölkchen, die alle die Form von Herzen haben? Und gibt es dort ein Panoptikum mit großem Zulauf, in dem bloß Bäume stehn mit den Namen der berühmtesten Helden, Verbrecher und Verliebten auf kleinen angehängten Tafeln.«

»Und dann noch diese Nachricht! Diese offenbar lügnerische Nachricht!«

»Nicht wahr, diese Straßen von Paris sind plötzlich verzweigt; sie sind unruhig, nicht wahr? Es ist nicht immer alles in Ordnung, wie könnte es auch sein! Es geschieht einmal ein Unfall, Leute sammeln sich, aus den Nebenstraßen kommend mit dem großstädtischen Schritt, der das Pflaster nur wenig berührt; alle sind zwar in Neugierde, aber auch in Furcht vor Enttäuschung; sie atmen schnell und strecken ihre kleinen Köpfe vor. Wenn sie aber einander berühren, so verbeugen sie sich tief und bitten um Verzeihung: ›Es tut mir sehr leid, – es geschah ohne Absicht – das Gedränge ist groß, verzeihen Sie, ich bitte – es war sehr ungeschickt von mir – ich gebe das zu. Mein Name ist – mein Name ist Jerome Faroche, Gewürzkrämer bin ich in der rue du Cabotin – gestatten Sie, daß ich Sie für morgen zum Mittagessen einlade – auch meine Frau würde so große Freude haben.‹ So reden sie, während doch die Gasse betäubt ist und der Rauch der Schornsteine zwischen die Häuser fällt. So ist es doch. Und wäre es möglich, daß da einmal auf einem belebten Boulevard eines vornehmen Viertels zwei Wagen halten. Diener öffnen ernst die Türen. Acht edle sibirische Wolfshunde tänzeln hinunter und jagen bellend über die Fahrbahn in Sprüngen. Und da sagt man, daß es verkleidete junge Pariser Stutzer sind.«

Er hatte die Augen fast geschlossen. Als ich schwieg, steckte er beide Hände in den Mund und riß am Unterkiefer. Sein Kleid war ganz beschmutzt. Man hatte ihn vielleicht aus einer Weinstube hinausgeworfen und er war darüber noch nicht im Klaren.

Es war vielleicht diese kleine, ganz ruhige Pause zwischen Tag und Nacht, wo uns der Kopf, ohne daß wir es erwarten, im Genicke hängt und wo alles, ohne daß wir es merken, still steht, da wir es nicht betrachten, und dann verschwindet. Während wir mit gebogenem Leib allein bleiben, uns dann umschaun, aber nichts mehr sehn, auch keinen Widerstand der Luft mehr fühlen, aber innerlich uns an der Erinnerung halten, daß in gewissem Abstand von uns Häuser stehn mit Dächern und glücklicherweise eckigen Schornsteinen, durch die das Dunkel in die Häuser fließt, durch die Dachkammern in die verschiedenartigen Zimmer. Und es ist ein Glück, daß morgen ein Tag sein wird, an dem, so unglaublich es ist, man alles wird sehen können.

Da riß der Betrunkene seine Augenbrauen hoch, so daß zwischen ihnen und den Augen ein Glanz entstand und erklärte in Absätzen: »Das ist so nämlich – ich bin nämlich schläfrig, daher werde ich schlafen gehn. – Ich habe nämlich einen Schwager am Wenzelsplatz – dorthin geh ich, denn dort wohne ich, denn dort habe ich mein Bett. – Ich geh jetzt. – Ich weiß nämlich nur nicht, wie er heißt und wo er wohnt – mir scheint, das habe ich vergessen – aber das macht nichts, denn ich weiß ja nicht einmal, ob ich überhaupt einen Schwager habe. – Jetzt gehe ich nämlich. – Glauben Sie, daß ich ihn finden werde?«

Darauf sagte ich ohne Bedenken: »Das ist sicher. Aber Sie kommen aus der Fremde und Ihre Dienerschaft ist zufällig nicht bei Ihnen. Gestatten Sie, daß ich Sie führe.«

Er antwortete nicht. Da reichte ich ihm meinen Arm, damit er sich einhänge.

Großer Lärm

Ich sitze in meinem Zimmer im Hauptquartier des Lärms der ganzen Wohnung. Alle Türen höre ich schlagen, durch ihren Lärm bleiben mir nur die Schritte der zwischen ihnen Laufenden erspart, noch das Zuklappen der Herdtüre in der Küche höre ich. Der Vater durchbricht die Türen meines Zimmers und zieht im nachschleppenden Schlafrock durch, aus dem Ofen im Nebenzimmer wird die Asche gekratzt, Valli fragt, durch das Vorzimmer Wort für Wort rufend, ob des Vaters Hut schon geputzt ist, ein Zischen, das mir befreundet sein will, erhebt noch das Geschrei einer antwortenden Stimme. Die Wohnungstüre wird aufgeklinkt und lärmt, wie aus katarrhalischem Hals, öffnet sich dann weiterhin mit dem Singen einer Frauenstimme und schließt sich endlich mit einem dumpfen, männlichen Ruck, der sich am rücksichtslosesten anhört. Der Vater ist weg, jetzt beginnt der zartere, zerstreutere, hoffnungslosere Lärm, von den Stimmen der zwei Kanarienvögel angeführt. Schon früher dachte ich daran, bei den Kanarienvögeln fällt es mir von neuem ein, ob ich nicht die Türe bis zu einer kleinen Spalte öffnen, schlangengleich ins Nebenzimmer kriechen und so auf dem Boden meine Schwestern und ihr Fräulein um Ruhe bitten sollte.

Betrachtung

Für M. B.

Kinder auf der Landstraße

Ich hörte die Wagen an dem Gartengitter vorüberfahren, manchmal sah ich sie auch durch die schwach bewegten Lücken im Laub. Wie krachte in dem heißen Sommer das Holz in ihren Speichen und Deichseln! Arbeiter kamen von den Feldern und lachten, daß es eine Schande war.

Ich saß auf unserer kleinen Schaukel, ich ruhte mich gerade aus zwischen den Bäumen im Garten meiner Eltern.

Vor dem Gitter hörte es nicht auf. Kinder im Laufschritt waren im Augenblick vorüber; Getreidewagen mit Männern und Frauen auf den Garben und rings herum verdunkelten die Blumenbeete; gegen Abend sah ich einen Herrn mit einem Stock langsam spazieren gehn und paar Mädchen, die Arm in Arm ihm entgegenkamen, traten grüßend ins seitliche Gras.

Dann flogen Vögel wie sprühend auf, ich folgte ihnen mit den Blicken, sah, wie sie in einem Atemzug stiegen, bis ich nicht mehr glaubte, daß sie stiegen, sondern daß ich falle, und fest mich an den Seilen haltend aus Schwäche ein wenig zu schaukeln anfing. Bald schaukelte ich stärker, als die Luft schon kühler wehte und statt der fliegenden Vögel zitternde Sterne erschienen.

Bei Kerzenlicht bekam ich mein Nachtmahl. Oft hatte ich beide Arme auf der Holzplatte und, schon müde, biß ich in mein Butterbrot. Die stark durchbrochenen Vorhänge bauschten sich im warmen Wind, und manchmal hielt sie einer, der draußen vorüberging, mit seinen Händen fest, wenn er mich besser sehen und mit mir reden wollte. Meistens verlöschte die Kerze bald und in dem dunklen Kerzenrauch trieben sich noch eine Zeitlang die versammelten Mücken herum. Fragte mich einer vom Fenster aus, so sah ich ihn an, als schaue ich ins Gebirge oder in die bloße Luft, und auch ihm war an einer Antwort nicht viel gelegen.

Sprang dann einer über die Fensterbrüstung und meldete, die anderen seien schon vor dem Haus, so stand ich freilich seufzend auf.

»Nein, warum seufzst Du so? Was ist denn geschehn? Ist es ein besonderes, nie gut zu machendes Unglück? Werden wir uns nie davon erholen können? Ist wirklich alles verloren?«

Nichts war verloren. Wir liefen vor das Haus. »Gott sei Dank, da seid Ihr endlich!« – »Du kommst halt immer zu spät!« – »Wieso denn ich?« – »Gerade Du, bleib zu Hause, wenn Du nicht mitwillst.« – »Keine Gnaden!« – »Was? Keine Gnaden? Wie redest Du?«

Wir durchstießen den Abend mit dem Kopf. Es gab keine Tages- und keine Nachtzeit. Bald rieben sich unsere Westenknöpfe aneinander wie Zähne, bald liefen wir in gleichbleibender Entfernung, Feuer im Mund, wie Tiere in den Tropen. Wie Kürassiere in alten Kriegen, stampfend und hoch in der Luft, trieben wir einander die kurze Gasse hinunter und mit diesem Anlauf in den Beinen die Landstraße weiter hinauf. Einzelne traten in den Straßengraben, kaum verschwanden sie vor der dunklen Böschung, standen sie schon wie fremde Leute oben auf dem Feldweg und schauten herab.

»Kommt doch herunter!« – »Kommt zuerst herauf!« – »Damit Ihr uns herunterwerft, fällt uns nicht ein, so gescheit sind wir noch.« – »So feig seid Ihr, wollt Ihr sagen. Kommt nur, kommt!« – »Wirklich? Ihr? Gerade Ihr werdet uns hinunterwerfen? Wie müßtet Ihr aussehen?«

Wir machten den Angriff, wurden vor die Brust gestoßen und legten uns in das Gras des Straßengrabens, fallend und freiwillig. Alles war gleichmäßig erwärmt, wir spürten nicht Wärme, nicht Kälte im Gras, nur müde wurde man.

Wenn man sich auf die rechte Seite drehte, die Hand unters Ohr gab, da wollte man gerne einschlafen. Zwar wollte

man sich noch einmal aufraffen mit erhobenem Kinn, dafür
aber in einen tieferen Graben fallen. Dann wollte man, den
Arm quer vorgehalten, die Beine schiefgeweht, sich gegen
die Luft werfen und wieder bestimmt in einen noch tieferen
Graben fallen. Und damit wollte man gar nicht aufhören.   5

Wie man sich im letzten Graben richtig zum Schlafen aufs
äußerste strecken würde, besonders in den Knien, daran
dachte man noch kaum und lag, zum Weinen aufgelegt, wie
krank auf dem Rücken. Man zwinkerte, wenn einmal ein
Junge, die Ellbogen bei den Hüften, mit dunklen Sohlen   10
über uns von der Böschung auf die Straße sprang.

Den Mond sah man schon in einiger Höhe, ein Postwa-
gen fuhr in seinem Licht vorbei. Ein schwacher Wind erhob
sich allgemein, auch im Graben fühlte man ihn, und in der
Nähe fing der Wald zu rauschen an. Da lag einem nicht   15
mehr soviel daran, allein zu sein.

»Wo seid Ihr?« – »Kommt her!« – »Alle zusammen!« –
»Was versteckst Du Dich, laß den Unsinn!« – »Wißt Ihr
nicht, daß die Post schon vorüber ist?« – »Aber nein! Schon
vorüber?« – »Natürlich, während Du geschlafen hast, ist sie   20
vorübergefahren.« – »Ich habe geschlafen? Nein so etwas!«
– »Schweig nur, man sieht es Dir doch an.« – »Aber ich bitte
Dich.« – »Kommt!«

Wir liefen enger beisammen, manche reichten einander
die Hände, den Kopf konnte man nicht genug hoch haben,   25
weil es abwärts ging. Einer schrie einen indianischen
Kriegsruf heraus, wir bekamen in die Beine einen Galopp
wie niemals, bei den Sprüngen hob uns in den Hüften der
Wind. Nichts hätte uns aufhalten können; wir waren so im
Laufe, daß wir selbst beim Überholen die Arme verschrän-   30
ken und ruhig uns umsehen konnten.

Auf der Wildbachbrücke blieben wir stehn; die weiter ge-
laufen waren, kehrten zurück. Das Wasser unten schlug an
Steine und Wurzeln, als wäre es nicht schon spät abend. Es
gab keinen Grund dafür, warum nicht einer auf das Gelän-   35
der der Brücke sprang.

Hinter Gebüschen in der Ferne fuhr ein Eisenbahnzug heraus, alle Coupées waren beleuchtet, die Glasfenster sicher herabgelassen. Einer von uns begann einen Gassenhauer zu singen, aber wir alle wollten singen. Wir sangen viel rascher als der Zug fuhr, wir schaukelten die Arme, weil die Stimme nicht genügte, wir kamen mit unseren Stimmen in ein Gedränge, in dem uns wohl war. Wenn man seine Stimme unter andere mischt, ist man wie mit einem Angelhaken gefangen.

So sangen wir, den Wald im Rücken, den fernen Reisenden in die Ohren. Die Erwachsenen wachten noch im Dorfe, die Mütter richteten die Betten für die Nacht.

Es war schon Zeit. Ich küßte den, der bei mir stand, reichte den drei Nächsten nur so die Hände, begann den Weg zurückzulaufen, keiner rief mich. Bei der ersten Kreuzung, wo sie mich nicht mehr sehen konnten, bog ich ein und lief auf Feldwegen wieder in den Wald. Ich strebte zu der Stadt im Süden hin, von der es in unserem Dorfe hieß:

»Dort sind Leute! Denkt Euch, die schlafen nicht!«

»Und warum denn nicht?«

»Weil sie nicht müde werden.«

»Und warum denn nicht?«

»Weil sie Narren sind.«

»Werden denn Narren nicht müde?«

»Wie könnten Narren müde werden?«

Entlarvung eines Bauernfängers

Endlich gegen 10 Uhr abends kam ich mit einem mir von früher her nur flüchtig bekannten Mann, der sich mir diesmal unversehens wieder angeschlossen und mich zwei Stunden lang in den Gassen herumgezogen hatte, vor dem herrschaftlichen Hause an, in das ich zu einer Gesellschaft geladen war.

»So!« sagte ich und klatschte in die Hände zum Zeichen
der unbedingten Notwendigkeit des Abschieds. Weniger
bestimmte Versuche hatte ich schon einige gemacht. Ich war
schon ganz müde.

»Gehn Sie gleich hinauf?« fragte er. In seinem Munde
hörte ich ein Geräusch wie vom Aneinanderschlagen der
Zähne.

»Ja.«

Ich war doch eingeladen, ich hatte es ihm gleich gesagt.
Aber ich war eingeladen, hinaufzukommen, wo ich schon
so gerne gewesen wäre, und nicht hier unten vor dem Tor
zu stehn und an den Ohren meines Gegenübers vorüberzu-
schauen. Und jetzt noch mit ihm stumm zu werden, als
seien wir zu einem langen Aufenthalt auf diesem Fleck entschlossen. Dabei nahmen an diesem Schweigen gleich die
Häuser rings herum ihren Anteil, und das Dunkel über ihnen bis zu den Sternen. Und die Schritte unsichtbarer Spa-
ziergänger, deren Wege zu erraten man nicht Lust hatte, der
Wind, der immer wieder an die gegenüberliegende Straßen-
seite sich drückte, ein Grammophon, das gegen die ge-
schlossenen Fenster irgendeines Zimmers sang, – sie ließen
aus diesem Schweigen sich hören, als sei es ihr Eigentum
seit jeher und für immer.

Und mein Begleiter fügte sich in seinem und – nach einem Lächeln – auch in meinem Namen, streckte die Mauer
entlang den rechten Arm aufwärts und lehnte sein Gesicht,
die Augen schließend, an ihn.

Doch dieses Lächeln sah ich nicht mehr ganz zu Ende,
denn Scham drehte mich plötzlich herum. Erst an diesem
Lächeln also hatte ich erkannt, daß das ein Bauernfänger
war, nichts weiter. Und ich war doch schon Monate lang in
dieser Stadt, hatte geglaubt, diese Bauernfänger durch und
durch zu kennen, wie sie bei Nacht aus Seitenstraßen, die
Hände vorgestreckt, wie Gastwirte uns entgegentreten, wie
sie sich um die Anschlagsäule, bei der wir stehn, herum-
drücken, wie zum Versteckenspielen und hinter der Säulen-

rundung hervor zumindest mit einem Auge spionieren, wie
sie in Straßenkreuzungen, wenn wir ängstlich werden, auf
einmal vor uns schweben auf der Kante unseres Trottoirs!
Ich verstand sie doch so gut, sie waren ja meine ersten städ-
tischen Bekannten in den kleinen Wirtshäusern gewesen,
und ich verdankte ihnen den ersten Anblick einer Unnach-
giebigkeit, die ich mir jetzt so wenig von der Erde wegden-
ken konnte, daß ich sie schon in mir zu fühlen begann. Wie
standen sie einem noch gegenüber, selbst wenn man ihnen
schon längst entlaufen war, wenn es also längst nichts mehr
zu fangen gab! Wie setzten sie sich nicht, wie fielen sie nicht
hin, sondern sahen einen mit Blicken an, die noch immer,
wenn auch nur aus der Ferne, überzeugten! Und ihre Mittel
waren stets die gleichen: Sie stellten sich vor uns hin, so
breit sie konnten; suchten uns abzuhalten von dort, wohin
wir strebten; bereiteten uns zum Ersatz eine Wohnung in
ihrer eigenen Brust, und bäumte sich endlich das gesam-
melte Gefühl in uns auf, nahmen sie es als Umarmung, in
die sie sich warfen, das Gesicht voran.

Und diese alten Späße hatte ich diesmal erst nach so langem Beisammensein erkannt. Ich zerrieb mir die Fingerspitzen an einander, um die Schande ungeschehen zu machen.

Mein Mann aber lehnte hier noch wie früher, hielt sich
noch immer für einen Bauernfänger, und die Zufriedenheit
mit seinem Schicksal rötete ihm die freie Wange.

»Erkannt!« sagte ich und klopfte ihm noch leicht auf die
Schulter. Dann eilte ich die Treppe hinauf und die so grund-
los treuen Gesichter der Dienerschaft oben im Vorzimmer
freuten mich wie eine schöne Überraschung. Ich sah sie alle
der Reihe nach an, während man mir den Mantel abnahm
und die Stiefel abstaubte. Aufatmend und langgestreckt be-
trat ich dann den Saal.

Der plötzliche Spaziergang

Wenn man sich am Abend endgültig entschlossen zu haben
scheint, zu Hause zu bleiben, den Hausrock angezogen hat,
nach dem Nachtmahl beim beleuchteten Tische sitzt und
jene Arbeit oder jenes Spiel vorgenommen hat, nach dessen
Beendigung man gewohnheitsgemäß schlafen geht, wenn
draußen ein unfreundliches Wetter ist, welches das Zuhau-
sebleiben selbstverständlich macht, wenn man jetzt auch
schon so lange bei Tisch stillgehalten hat, daß das Weggehen
allgemeines Erstaunen hervorrufen müßte, wenn nun auch
schon das Treppenhaus dunkel und das Haustor gesperrt
ist, und wenn man nun trotz alledem in einem plötzlichen
Unbehagen aufsteht, den Rock wechselt, sofort straßenmä-
ßig angezogen erscheint, weggehen zu müssen erklärt, es
nach kurzem Abschied auch tut, je nach der Schnelligkeit,
mit der man die Wohnungstür zuschlägt, mehr oder weniger Ärger zu hinterlassen glaubt, wenn man sich auf der
Gasse wiederfindet, mit Gliedern, die diese schon unerwar-
tete Freiheit, die man ihnen verschafft hat, mit besonderer
Beweglichkeit beantworten, wenn man durch diesen einen
Entschluß alle Entschlußfähigkeit in sich gesammelt fühlt,
wenn man mit größerer als der gewöhnlichen Bedeutung er-
kennt, daß man ja mehr Kraft als Bedürfnis hat, die schnell-
ste Veränderung leicht zu bewirken und zu ertragen, und
wenn man so die langen Gassen hinläuft, – dann ist man für
diesen Abend gänzlich aus seiner Familie ausgetreten, die
ins Wesenlose abschwenkt, während man selbst, ganz fest,
schwarz vor Umrissenheit, hinten die Schenkel schlagend,
sich zu seiner wahren Gestalt erhebt.

Verstärkt wird alles noch, wenn man zu dieser späten
Abendzeit einen Freund aufsucht, um nachzusehen, wie es
ihm geht.

Entschlüsse

Aus einem elenden Zustand sich zu erheben, muß selbst mit gewollter Energie leicht sein. Ich reiße mich vom Sessel los, umlaufe den Tisch, mache Kopf und Hals beweglich, bringe Feuer in die Augen, spanne die Muskeln um sie herum. Arbeite jedem Gefühl entgegen, begrüße A. stürmisch, wenn er jetzt kommen wird, dulde B. freundlich in meinem Zimmer, ziehe bei C. alles, was gesagt wird, trotz Schmerz und Mühe mit langen Zügen in mich hinein.

Aber selbst wenn es so geht, wird mit jedem Fehler, der nicht ausbleiben kann, das Ganze, das Leichte und das Schwere, stocken, und ich werde mich im Kreise zurückdrehen müssen.

Deshalb bleibt doch der beste Rat, alles hinzunehmen, als schwere Masse sich verhalten und fühle man sich selbst fortgeblasen, keinen unnötigen Schritt sich ablocken lassen, den anderen mit Tierblick anschaun, keine Reue fühlen, kurz, das, was vom Leben als Gespenst noch übrig ist, mit eigener Hand niederdrücken, d. h., die letzte grabmäßige Ruhe noch vermehren und nichts außer ihr mehr bestehen lassen.

Eine charakteristische Bewegung eines solchen Zustandes ist das Hinfahren des kleinen Fingers über die Augenbrauen.

Der Ausflug ins Gebirge

»Ich weiß nicht«, rief ich ohne Klang, »ich weiß ja nicht. Wenn niemand kommt, dann kommt eben niemand. Ich habe niemandem etwas Böses getan, niemand hat mir etwas Böses getan, niemand aber will mir helfen. Lauter niemand. Aber so ist es doch nicht. Nur daß mir niemand hilft –, sonst wäre lauter niemand hübsch. Ich würde ganz gern – warum denn nicht – einen Ausflug mit einer Gesellschaft

von lauter Niemand machen. Natürlich ins Gebirge, wohin
denn sonst? Wie sich diese Niemand aneinander drängen,
diese vielen quer gestreckten und eingehängten Arme, diese
vielen Füße, durch winzige Schritte getrennt! Versteht sich,
daß alle in Frack sind. Wir gehen so lala, der Wind fährt   5
durch die Lücken, die wir und unsere Gliedmaßen offen
lassen. Die Hälse werden im Gebirge frei! Es ist ein Wunder, daß wir nicht singen.«

Das Unglück des Junggesellen

Es scheint so arg, Junggeselle zu bleiben, als alter Mann un-   10
ter schwerer Wahrung der Würde um Aufnahme zu bitten,
wenn man einen Abend mit Menschen verbringen will,
krank zu sein und aus dem Winkel seines Bettes wochen-
lang das leere Zimmer anzusehn, immer vor dem Haustor
Abschied zu nehmen, niemals neben seiner Frau sich die   15
Treppe hinaufzudrängen, in seinem Zimmer nur Seitentü-
ren zu haben, die in fremde Wohnungen führen, sein
Nachtmahl in einer Hand nach Hause zu tragen, fremde
Kinder anstaunen zu müssen und nicht immerfort wieder-
holen zu dürfen: »Ich habe keine«, sich im Aussehn und Be-   20
nehmen nach ein oder zwei Junggesellen der Jugenderinne-
rungen auszubilden.

So wird es sein, nur daß man auch in Wirklichkeit heute
und später selbst dastehen wird, mit einem Körper und einem wirklichen Kopf, also auch einer Stirn, um mit der   25
Hand an sie zu schlagen.

Der Kaufmann

Es ist möglich, daß einige Leute Mitleid mit mir haben, aber
ich spüre nichts davon. Mein kleines Geschäft erfüllt mich
mit Sorgen, die mich innen an Stirne und Schläfen schmer-   30

zen, aber ohne mir Zufriedenheit in Aussicht zu stellen,
denn mein Geschäft ist klein.

Für Stunden im voraus muß ich Bestimmungen treffen,
das Gedächtnis des Hausdieners wachhalten, vor befürchte-
ten Fehlern warnen und in einer Jahreszeit die Moden der
folgenden berechnen, nicht wie sie unter Leuten meines
Kreises herrschen werden, sondern bei unzugänglichen Be-
völkerungen auf dem Lande.

Mein Geld haben fremde Leute; ihre Verhältnisse können
mir nicht deutlich sein; das Unglück, das sie treffen könnte,
ahne ich nicht; wie könnte ich es abwehren! Vielleicht sind
sie verschwenderisch geworden und geben ein Fest in einem
Wirtshausgarten und andere halten sich für ein Weilchen auf
der Flucht nach Amerika bei diesem Feste auf.

Wenn nun am Abend eines Werketages das Geschäft gesperrt wird und ich plötzlich Stunden vor mir sehe, in
denen ich für die ununterbrochenen Bedürfnisse meines
Geschäftes nichts werde arbeiten können, dann wirft sich
meine am Morgen weit vorausgeschickte Aufregung auf
mich, wie eine zurückkehrende Flut, hält es aber in mir
nicht aus und ohne Ziel reißt sie mich mit.

Und doch kann ich diese Laune gar nicht benützen und
kann nur nach Hause gehn, denn ich habe Gesicht und
Hände schmutzig und verschwitzt, das Kleid fleckig und
staubig, die Geschäftsmütze auf dem Kopfe und von Ki-
stennägeln zerkratzte Stiefel. Ich gehe dann wie auf Wellen,
klappere mit den Fingern beider Hände und mir entgegen-
kommenden Kindern fahre ich über das Haar.

Aber der Weg ist zu kurz. Gleich bin ich in meinem
Hause, öffne die Lifttür und trete ein.

Ich sehe, daß ich jetzt und plötzlich allein bin. Andere,
die über Treppen steigen müssen, ermüden dabei ein wenig,
müssen mit eilig atmenden Lungen warten, bis man die Tür
der Wohnung öffnen kommt, haben dabei einen Grund für
Ärger und Ungeduld, kommen jetzt ins Vorzimmer, wo sie
den Hut aufhängen, und erst bis sie durch den Gang an

einigen Glastüren vorbei in ihr eigenes Zimmer kommen,
sind sie allein.

Ich aber bin gleich allein im Lift, und schaue, auf die Knie
gestützt, in den schmalen Spiegel. Als der Lift sich zu heben
anfängt, sage ich:

»Seid still, tretet zurück, wollt Ihr in den Schatten der
Bäume, hinter die Draperien der Fenster, in das Laubenge-
wölbe?«

Ich rede mit den Zähnen und die Treppengeländer gleiten
an den Milchglasscheiben hinunter wie stürzendes Wasser.

»Flieget weg; Euere Flügel, die ich niemals gesehen habe,
mögen Euch ins dörfliche Tal tragen oder nach Paris, wenn
es Euch dorthin treibt.

Doch genießet die Aussicht des Fensters, wenn die Pro-
zessionen aus allen drei Straßen kommen, einander nicht
ausweichen, durcheinander gehn und zwischen ihren letzten
Reihen den freien Platz wieder entstehen lassen. Winket
mit den Tüchern, seid entsetzt, seid gerührt, lobet die
schöne Dame, die vorüberfährt.

Geht über den Bach auf der hölzernen Brücke, nickt den
badenden Kindern zu und staunet über das Hurra der tausend Matrosen auf dem fernen Panzerschiff.

Verfolget nur den unscheinbaren Mann und wenn Ihr ihn
in einen Torweg gestoßen habt, beraubt ihn und seht ihm
dann, jeder die Hände in den Taschen, nach, wie er traurig
seines Weges in die linke Gasse geht.

Die verstreut auf ihren Pferden galoppierende Polizei
bändigt die Tiere und drängt Euch zurück. Lasset sie, die
leeren Gassen werden sie unglücklich machen, ich weiß es.
Schon reiten sie, ich bitte, paarweise weg, langsam um die
Straßenecken, fliegend über die Plätze.«

Dann muß ich aussteigen, den Aufzug hinunterlassen, an
der Türglocke läuten, und das Mädchen öffnet die Tür,
während ich grüße.

Zerstreutes Hinausschaun

Was werden wir in diesen Frühlingstagen tun, die jetzt
rasch kommen? Heute früh war der Himmel grau, geht man
aber jetzt zum Fenster, so ist man überrascht und lehnt die
Wange an die Klinke des Fensters.

Unten sieht man das Licht der freilich schon sinkenden
Sonne auf dem Gesicht des kindlichen Mädchens, das so
geht und sich umschaut, und zugleich sieht man den Schatten des Mannes darauf, der hinter ihm rascher kommt.

Dann ist der Mann schon vorübergegangen und das Gesicht des Kindes ist ganz hell.

Der Nachhauseweg

Man sehe die Überzeugungskraft der Luft nach dem Gewit-
ter! Meine Verdienste erscheinen mir und überwältigen
mich, wenn ich mich auch nicht sträube.

Ich marschiere und mein Tempo ist das Tempo dieser
Gassenseite, dieser Gasse, dieses Viertels. Ich bin mit Recht
verantwortlich für alle Schläge gegen Türen, auf die Platten
der Tische, für alle Trinksprüche, für die Liebespaare in
ihren Betten, in den Gerüsten der Neubauten, in dunklen
Gassen an die Häusermauern gepreßt, auf den Ottomanen
der Bordelle.

Ich schätze meine Vergangenheit gegen meine Zukunft,
finde aber beide vortrefflich, kann keiner von beiden den
Vorzug geben und nur die Ungerechtigkeit der Vorsehung,
die mich so begünstigt, muß ich tadeln.

Nur als ich in mein Zimmer trete, bin ich ein wenig nach-
denklich, aber ohne daß ich während des Treppensteigens
etwas Nachdenkenswertes gefunden hätte. Es hilft mir
nicht viel, daß ich das Fenster gänzlich öffne und daß in
einem Garten die Musik noch spielt.

Die Vorüberlaufenden

Wenn man in der Nacht durch eine Gasse spazieren geht,
und ein Mann, von weitem schon sichtbar – denn die Gasse
vor uns steigt an und es ist Vollmond – uns entgegenläuft,
so werden wir ihn nicht anpacken, selbst wenn er schwach   5
und zerlumpt ist, selbst wenn jemand hinter ihm läuft und
schreit, sondern wir werden ihn weiter laufen lassen.

Denn es ist Nacht, und wir können nicht dafür, daß die
Gasse im Vollmond vor uns aufsteigt, und überdies, vielleicht haben diese zwei die Hetze zu ihrer Unterhaltung   10
veranstaltet, vielleicht verfolgen beide einen dritten, vielleicht wird der erste unschuldig verfolgt, vielleicht will der
zweite morden, und wir würden Mitschuldige des Mordes,
vielleicht wissen die zwei nichts von einander, und es läuft
nur jeder auf eigene Verantwortung in sein Bett, vielleicht   15
sind es Nachtwandler, vielleicht hat der erste Waffen.

Und endlich, dürfen wir nicht müde sein, haben wir nicht
soviel Wein getrunken? Wir sind froh, daß wir auch den
zweiten nicht mehr sehn.

Der Fahrgast

Ich stehe auf der Plattform des elektrischen Wagens und bin   21
vollständig unsicher in Rücksicht meiner Stellung in dieser
Welt, in dieser Stadt, in meiner Familie. Auch nicht beiläu-
fig könnte ich angeben, welche Ansprüche ich in irgendeiner
Richtung mit Recht vorbringen könnte. Ich kann es gar   25
nicht verteidigen, daß ich auf dieser Plattform stehe, mich
an dieser Schlinge halte, von diesem Wagen mich tragen
lasse, daß Leute dem Wagen ausweichen oder still gehn oder
vor den Schaufenstern ruhn. – Niemand verlangt es ja von
mir, aber das ist gleichgültig.   30

Der Wagen nähert sich einer Haltestelle, ein Mädchen
stellt sich nahe den Stufen, zum Aussteigen bereit. Sie er-

scheint mir so deutlich, als ob ich sie betastet hätte. Sie ist
schwarz gekleidet, die Rockfalten bewegen sich fast nicht,
die Bluse ist knapp und hat einen Kragen aus weißer klein-
maschiger Spitze, die linke Hand hält sie flach an die Wand,
5 der Schirm in ihrer Rechten steht auf der zweitobersten
Stufe. Ihr Gesicht ist braun, die Nase, an den Seiten
schwach gepreßt, schließt rund und breit ab. Sie hat viel
braunes Haar und verwehte Härchen an der rechten Schläfe.
Ihr kleines Ohr liegt eng an, doch sehe ich, da ich nahe
10 stehe, den ganzen Rücken der rechten Ohrmuschel und den
Schatten an der Wurzel.

Ich fragte mich damals: Wieso kommt es, daß sie nicht
über sich verwundert ist, daß sie den Mund geschlossen hält
und nichts dergleichen sagt?

Kleider

16 Oft wenn ich Kleider mit vielfachen Falten, Rüschen und
Behängen sehe, die über schönen Körper schön sich legen,
dann denke ich, daß sie nicht lange so erhalten bleiben, sondern Falten bekommen, nicht mehr gerade zu glätten, Staub
20 bekommen, der, dick in der Verzierung, nicht mehr zu ent-
fernen ist, und daß niemand so traurig und lächerlich sich
wird machen wollen, täglich das gleiche kostbare Kleid früh
anzulegen und abends auszuziehn.

Doch sehe ich Mädchen, die wohl schön sind und viel-
25 fache reizende Muskeln und Knöchelchen und gespannte
Haut und Massen dünner Haare zeigen, und doch tagtäg-
lich in diesem einen natürlichen Maskenanzug erscheinen,
immer das gleiche Gesicht in die gleichen Handflächen legen und von ihrem Spiegel widerscheinen lassen.

30 Nur manchmal am Abend, wenn sie spät von einem Feste
kommen, scheint es ihnen im Spiegel abgenützt, gedunsen,
verstaubt, von allen schon gesehn und kaum mehr tragbar.

Die Abweisung

Wenn ich einem schönen Mädchen begegne und sie bitte:
»Sei so gut, komm mit mir« und sie stumm vorübergeht, so
meint sie damit:

»Du bist kein Herzog mit fliegendem Namen, kein brei-   5
ter Amerikaner mit indianischem Wuchs, mit wagrecht ru-
henden Augen, mit einer von der Luft der Rasenplätze und
der sie durchströmenden Flüsse massierten Haut, Du hast
keine Reisen gemacht zu den großen Seen und auf ihnen,
die ich weiß nicht wo zu finden sind. Also ich bitte, warum   10
soll ich, ein schönes Mädchen, mit Dir gehn?«

»Du vergißt, Dich trägt kein Automobil in langen Stößen
schaukelnd durch die Gasse; ich sehe nicht die in ihre Kleider gepreßten Herren Deines Gefolges, die Segenssprüche
für Dich murmelnd in genauem Halbkreis hinter Dir gehn;   15
Deine Brüste sind im Mieder gut geordnet, aber Deine
Schenkel und Hüften entschädigen sich für jene Enthalt-
samkeit; Du trägst ein Taffetkleid mit plissierten Falten, wie
es im vorigen Herbste uns durchaus allen Freude machte,
und doch lächelst Du – diese Lebensgefahr auf dem Leibe –   20
bisweilen.«

»Ja, wir haben beide recht und, um uns dessen nicht un-
widerleglich bewußt zu werden, wollen wir, nicht wahr, lieber jeder allein nach Hause gehn.«

Zum Nachdenken für Herrenreiter

Nichts, wenn man es überlegt, kann dazu verlocken, in   26
einem Wettrennen der erste sein zu wollen.

Der Ruhm, als der beste Reiter eines Landes anerkannt
zu werden, freut beim Losgehn des Orchesters zu stark, als
daß sich am Morgen danach die Reue verhindern ließe.   30

Der Neid der Gegner, listiger, ziemlich einflußreicher
Leute, muß uns in dem engen Spalier schmerzen, das wir

nun durchreiten nach jener Ebene, die bald vor uns leer war
bis auf einige überrundete Reiter, die klein gegen den Rand
des Horizonts anritten.

Viele unserer Freunde eilen den Gewinn zu beheben und
nur über die Schultern weg schreien sie von den entlegenen
Schaltern ihr Hurra zu uns; die besten Freunde aber haben
gar nicht auf unser Pferd gesetzt, da sie fürchteten, käme es
zum Verluste, müßten sie uns böse sein, nun aber, da unser
Pferd das erste war und sie nichts gewonnen haben, drehn
sie sich um, wenn wir vorüberkommen und schauen lieber
die Tribünen entlang.

Die Konkurrenten rückwärts, fest im Sattel, suchen das
Unglück zu überblicken, das sie getroffen hat, und das Un-
recht, das ihnen irgendwie zugefügt wird; sie nehmen ein
frisches Aussehen an, als müsse ein neues Rennen anfangen
und ein ernsthaftes mit diesem Kinderspiel.

Vielen Damen scheint der Sieger lächerlich, weil er sich
aufbläht und doch nicht weiß, was anzufangen mit dem
ewigen Händeschütteln, Salutieren, Sich-Niederbeugen und
In-die-Ferne-Grüßen, während die Besiegten den Mund
geschlossen haben und die Hälse ihrer meist wiehernden
Pferde leichthin klopfen.

Endlich fängt es gar aus dem trüb gewordenen Himmel
zu regnen an.

Das Gassenfenster

Wer verlassen lebt und sich doch hie und da irgendwo an-
schließen möchte, wer mit Rücksicht auf die Veränderungen
der Tageszeit, der Witterung, der Berufsverhältnisse und
dergleichen ohne weiteres irgend einen beliebigen Arm sehen will, an dem er sich halten könnte, – der wird es ohne
ein Gassenfenster nicht lange treiben. Und steht es mit ihm
so, daß er gar nichts sucht und nur als müder Mann, die Augen auf und ab zwischen Publikum und Himmel, an seine

Fensterbrüstung tritt, und er will nicht und hat ein wenig
den Kopf zurückgeneigt, so reißen ihn doch unten die
Pferde mit in ihr Gefolge von Wagen und Lärm und damit
endlich der menschlichen Eintracht zu.

Wunsch, Indianer zu werden

Wenn man doch ein Indianer wäre, gleich bereit, und auf   6
dem rennenden Pferde, schief in der Luft, immer wieder
kurz erzitterte über dem zitternden Boden, bis man die
Sporen ließ, denn es gab keine Sporen, bis man die Zügel wegwarf, denn es gab keine Zügel, und kaum das Land   10
vor sich als glatt gemähte Heide sah, schon ohne Pferdehals
und Pferdekopf.

Die Bäume

Denn wir sind wie Baumstämme im Schnee. Scheinbar liegen sie glatt auf, und mit kleinem Anstoß sollte man sie   15
wegschieben können. Nein, das kann man nicht, denn sie
sind fest mit dem Boden verbunden. Aber sieh, sogar das
ist nur scheinbar.

Unglücklichsein

Als es schon unerträglich geworden war – einmal gegen   20
Abend im November – und ich über den schmalen Teppich
meines Zimmers wie in einer Rennbahn einherlief, durch
den Anblick der beleuchteten Gasse erschreckt, wieder
wendete, und in der Tiefe des Zimmers, im Grund des Spie-
gels doch wieder ein neues Ziel bekam, und aufschrie, um   25
nur den Schrei zu hören, dem nichts antwortet und dem
auch nichts die Kraft des Schreiens nimmt, der also auf-

steigt, ohne Gegengewicht, und nicht aufhören kann, selbst
wenn er verstummt, da öffnete sich aus der Wand heraus die
Tür, so eilig, weil doch Eile nötig war und selbst die Wagen-
pferde unten auf dem Pflaster wie wildgewordene Pferde in
der Schlacht, die Gurgeln preisgegeben, sich erhoben.

Als kleines Gespenst fuhr ein Kind aus dem ganz dunklen Korridor, in dem die Lampe noch nicht brannte, und
blieb auf den Fußspitzen stehn, auf einem unmerklich
schaukelnden Fußbodenbalken. Von der Dämmerung des
Zimmers gleich geblendet, wollte es mit dem Gesicht rasch
in seine Hände, beruhigte sich aber unversehens mit dem
Blick zum Fenster, vor dessen Kreuz der hochgetriebene
Dunst der Straßenbeleuchtung endlich unter dem Dunkel
liegen blieb. Mit dem rechten Ellbogen hielt es sich vor der
offenen Tür aufrecht an der Zimmerwand und ließ den
Luftzug von draußen um die Gelenke der Füße streichen,
auch den Hals, auch die Schläfen entlang.

Ich sah ein wenig hin, dann sagte ich »Guten Tag« und
nahm meinen Rock vom Ofenschirm, weil ich nicht so halb
nackt dastehen wollte. Ein Weilchen lang hielt ich den
Mund offen, damit mich die Aufregung durch den Mund
verlasse. Ich hatte schlechten Speichel in mir, im Gesicht zit-
terten mir die Augenwimpern, kurz, es fehlte mir nichts, als
gerade dieser allerdings erwartete Besuch.

Das Kind stand noch an der Wand auf dem gleichen
Platz, es hatte die rechte Hand an die Mauer gepreßt und
konnte, ganz rotwangig, dessen nicht satt werden, daß die
weißgetünchte Wand grobkörnig war und die Fingerspitzen
rieb. Ich sagte: »Wollen Sie tatsächlich zu mir? Ist es kein
Irrtum? Nichts leichter als ein Irrtum in diesem großen
Hause. Ich heiße Soundso, wohne im dritten Stock. Bin ich
also der, den Sie besuchen wollen?«

»Ruhe, Ruhe!« sagte das Kind über die Schulter weg,
»alles ist schon richtig.«

»Dann kommen Sie weiter ins Zimmer herein, ich möchte
die Tür schließen.«

»Die Tür habe ich jetzt gerade geschlossen. Machen Sie
sich keine Mühe. Beruhigen Sie sich überhaupt.«

»Reden Sie nicht von Mühe. Aber auf diesem Gange
wohnt eine Menge Leute, alle sind natürlich meine Bekannten; die meisten kommen jetzt aus den Geschäften; wenn sie   5
in einem Zimmer reden hören, glauben sie einfach das
Recht zu haben, aufzumachen und nachzuschaun, was los
ist. Es ist einmal schon so. Diese Leute haben die tägliche
Arbeit hinter sich; wem würden sie sich in der provisori-
schen Abendfreiheit unterwerfen! Übrigens wissen Sie es ja   10
auch. Lassen Sie mich die Türe schließen.«

»Ja was ist denn? Was haben Sie? Meinetwegen kann das
ganze Haus hereinkommen. Und dann noch einmal: Ich
habe die Türe schon geschlossen, glauben Sie denn, nur Sie
können die Türe schließen? Ich habe sogar mit dem Schlüs-   15
sel zugesperrt.«

»Dann ist gut. Mehr will ich ja nicht. Mit dem Schlüssel
hätten Sie gar nicht zusperren müssen. Und jetzt machen
Sie es sich nur behaglich, wenn Sie schon einmal da sind. Sie
sind mein Gast. Vertrauen Sie mir völlig. Machen Sie sich   20
nur breit ohne Angst. Ich werde Sie weder zum Hierbleiben
zwingen, noch zum Weggehn. Muß ich das erst sagen? Kennen Sie mich so schlecht?«

»Nein. Sie hätten das wirklich nicht sagen müssen. Noch
mehr, Sie hätten es gar nicht sagen sollen. Ich bin ein Kind;   25
warum soviel Umstände mit mir machen?«

»So schlimm ist es nicht. Natürlich, ein Kind. Aber gar so
klein sind Sie nicht. Sie sind schon ganz erwachsen. Wenn
Sie ein Mädchen wären, dürften Sie sich nicht so einfach mit
mir in einem Zimmer einsperren.«   30

»Darüber müssen wir uns keine Sorge machen. Ich wollte
nur sagen: Daß ich Sie so gut kenne, schützt mich wenig, es
enthebt Sie nur der Anstrengung, mir etwas vorzulügen.
Trotzdem aber machen Sie mir Komplimente. Lassen Sie
das, ich fordere Sie auf, lassen Sie das. Dazu kommt, daß ich   35
Sie nicht überall und immerfort kenne, gar bei dieser Fin-

sternis. Es wäre viel besser, wenn Sie Licht machen ließen.
Nein, lieber nicht. Immerhin werde ich mir merken, daß Sie
mir schon gedroht haben.«

»Wie? Ich hätte Ihnen gedroht? Aber ich bitte Sie. Ich bin
ja so froh, daß Sie endlich hier sind. Ich sage ›endlich‹, weil
es schon so spät ist. Es ist mir unbegreiflich, warum Sie so
spät gekommen sind. Da ist es möglich, daß ich in der
Freude so durcheinander gesprochen habe und daß Sie es
gerade so verstanden haben. Daß ich so gesprochen habe,
gebe ich zehnmal zu, ja ich habe Ihnen mit Allem gedroht,
was Sie wollen. – Nur keinen Streit, um Himmelswillen! –
Aber wie konnten Sie es glauben? Wie konnten Sie mich so
kränken? Warum wollen Sie mir mit aller Gewalt dieses
kleine Weilchen Ihres Hierseins verderben? Ein fremder
Mensch wäre entgegenkommender als Sie.«

»Das glaube ich; das war keine Weisheit. So nah, als
Ihnen ein fremder Mensch entgegenkommen kann, bin ich
Ihnen schon von Natur aus. Das wissen Sie auch, wozu also
die Wehmut? Sagen Sie, daß Sie Komödie spielen wollen,
und ich gehe augenblicklich.«

»So? Auch das wagen Sie mir zu sagen? Sie sind ein wenig zu kühn. Am Ende sind Sie doch in meinem Zimmer.
Sie reiben Ihre Finger wie verrückt an meiner Wand. Mein
Zimmer, meine Wand! Und außerdem ist das, was Sie sagen,
lächerlich, nicht nur frech. Sie sagen, Ihre Natur zwinge Sie,
mit mir in dieser Weise zu reden. Wirklich? Ihre Natur
zwingt Sie? Das ist nett von Ihrer Natur. Ihre Natur ist
meine, und wenn ich mich von Natur aus freundlich zu
Ihnen verhalte, so dürfen auch Sie nicht anders.«

»Ist das freundlich?«

»Ich rede von früher.«

»Wissen Sie, wie ich später sein werde?«

»Nichts weiß ich.«

Und ich ging zum Nachttisch hin, auf dem ich die Kerze
anzündete. Ich hatte in jener Zeit weder Gas noch elektri-
sches Licht in meinem Zimmer. Ich saß dann noch eine

Weile beim Tisch, bis ich auch dessen müde wurde, den
Überzieher anzog, den Hut vom Kanapee nahm und die
Kerze ausblies. Beim Hinausgehen verfing ich mich in ein
Sesselbein.

Auf der Treppe traf ich einen Mieter aus dem gleichen
Stockwerk.

»Sie gehen schon wieder weg, Sie Lump?« fragte er, auf
seinen über zwei Stufen ausgebreiteten Beinen ausruhend.

»Was soll ich machen?« sagte ich, »jetzt habe ich ein Gespenst im Zimmer gehabt.«

»Sie sagen das mit der gleichen Unzufriedenheit, wie
wenn Sie ein Haar in der Suppe gefunden hätten.«

»Sie spaßen. Aber merken Sie sich, ein Gespenst ist ein
Gespenst.«

»Sehr wahr. Aber wie, wenn man überhaupt nicht an Gespenster glaubt?«

»Ja meinen Sie denn, ich glaube an Gespenster? Was hilft
mir aber dieses Nichtglauben?«

»Sehr einfach. Sie müssen eben keine Angst mehr haben,
wenn ein Gespenst wirklich zu Ihnen kommt.«

»Ja, aber das ist doch die nebensächliche Angst. Die
eigentliche Angst ist die Angst vor der Ursache der Erscheinung. Und diese Angst bleibt. Die habe ich geradezu groß-
artig in mir.« Ich fing vor Nervosität an, alle meine Taschen
zu durchsuchen.

»Da Sie aber vor der Erscheinung selbst keine Angst hatten, hätten Sie sie doch ruhig nach ihrer Ursache fragen
können!«

»Sie haben offenbar noch nie mit Gespenstern gesprochen. Aus denen kann man ja niemals eine klare Auskunft
bekommen. Das ist ein Hinundher. Diese Gespenster schei-
nen über ihre Existenz mehr im Zweifel zu sein, als wir, was
übrigens bei ihrer Hinfälligkeit kein Wunder ist.«

»Ich habe aber gehört, daß man sie auffüttern kann.«

»Da sind Sie gut berichtet. Das kann man. Aber wer wird
das machen?«

»Warum nicht? Wenn es ein weibliches Gespenst ist z. B.«, sagte er und schwang sich auf die obere Stufe.

»Ach so«, sagte ich, »aber selbst dann steht es nicht dafür.«

Ich besann mich. Mein Bekannter war schon so hoch, daß er sich, um mich zu sehen, unter einer Wölbung des Treppenhauses vorbeugen mußte. »Aber trotzdem«, rief ich, »wenn Sie mir dort oben mein Gespenst wegnehmen, dann ist es zwischen uns aus, für immer.«

»Aber das war ja nur Spaß«, sagte er und zog den Kopf zurück.

»Dann ist es gut«, sagte ich und hätte jetzt eigentlich ruhig spazieren gehen können. Aber weil ich mich gar so verlassen fühlte, ging ich lieber hinauf und legte mich schlafen.

Das Urteil

Eine Geschichte

Für F.

Es war an einem Sonntagvormittag im schönsten Frühjahr. Georg Bendemann, ein junger Kaufmann, saß in seinem Privatzimmer im ersten Stock eines der niedrigen, leichtgebauten Häuser, die entlang des Flusses in einer langen Reihe, fast nur in der Höhe und Färbung unterschieden, sich hinzogen. Er hatte gerade einen Brief an einen sich im Ausland befindenden Jugendfreund beendet, verschloß ihn in spielerischer Langsamkeit und sah dann, den Ellbogen auf den Schreibtisch gestützt, aus dem Fenster auf den Fluß, die Brücke und die Anhöhen am anderen Ufer mit ihrem schwachen Grün.

Er dachte darüber nach, wie dieser Freund, mit seinem Fortkommen zu Hause unzufrieden, vor Jahren schon nach Rußland sich förmlich geflüchtet hatte. Nun betrieb er ein Geschäft in Petersburg, das anfangs sich sehr gut angelassen hatte, seit langem aber schon zu stocken schien, wie der Freund bei seinen immer seltener werdenden Besuchen klagte. So arbeitete er sich in der Fremde nutzlos ab, der fremdartige Vollbart verdeckte nur schlecht das seit den Kinderjahren wohlbekannte Gesicht, dessen gelbe Hautfarbe auf eine sich entwickelnde Krankheit hinzudeuten schien. Wie er erzählte, hatte er keine rechte Verbindung mit der dortigen Kolonie seiner Landsleute, aber auch fast keinen gesellschaftlichen Verkehr mit einheimischen Familien und richtete sich so für ein endgültiges Junggesellentum ein.

Was sollte man einem solchen Manne schreiben, der sich offenbar verrannt hatte, den man bedauern, dem man aber nicht helfen konnte. Sollte man ihm vielleicht raten, wieder nach Hause zu kommen, seine Existenz hierher zu verlegen,

alle die alten freundschaftlichen Beziehungen wieder aufzu-
nehmen – wofür ja kein Hindernis bestand – und im übrigen auf die Hilfe der Freunde zu vertrauen? Das bedeutete
aber nichts anderes, als daß man ihm gleichzeitig, je scho-
nender, desto kränkender, sagte, daß seine bisherigen Versuche mißlungen seien, daß er endlich von ihnen ablassen
solle, daß er zurückkehren und sich als ein für immer Zu-
rückgekehrter von allen mit großen Augen anstaunen lassen
müsse, daß nur seine Freunde etwas verstünden und daß er
ein altes Kind sei, das den erfolgreichen, zu Hause gebliebenen Freunden einfach zu folgen habe. Und war es dann
noch sicher, daß alle die Plage, die man ihm antun müßte,
einen Zweck hätte? Vielleicht gelang es nicht einmal, ihn
überhaupt nach Hause zu bringen – er sagte ja selbst, daß er
die Verhältnisse in der Heimat nicht mehr verstünde –, und
so bliebe er dann trotz allem in seiner Fremde, verbittert
durch die Ratschläge und den Freunden noch ein Stück
mehr entfremdet. Folgte er aber wirklich dem Rat und
würde hier – natürlich nicht mit Absicht, aber durch die Tat-
sachen – niedergedrückt, fände sich nicht in seinen Freunden und nicht ohne sie zurecht, litte an Beschämung, hätte
jetzt wirklich keine Heimat und keine Freunde mehr, war
es da nicht viel besser für ihn, er blieb in der Fremde, so
wie er war? Konnte man denn bei solchen Umständen daran denken, daß er es hier tatsächlich vorwärts bringen
würde?

Aus diesen Gründen konnte man ihm, wenn man noch
überhaupt die briefliche Verbindung aufrecht erhalten
wollte, keine eigentlichen Mitteilungen machen, wie man sie
ohne Scheu auch den entferntesten Bekannten machen
würde. Der Freund war nun schon über drei Jahre nicht in
der Heimat gewesen und erklärte dies sehr notdürftig mit
der Unsicherheit der politischen Verhältnisse in Rußland,
die demnach also auch die kürzeste Abwesenheit eines kleinen Geschäftsmannes nicht zuließen, während hunderttau-
sende Russen ruhig in der Welt herumfuhren. Im Laufe die-

ser drei Jahre hatte sich aber gerade für Georg vieles verändert. Von dem Todesfall von Georgs Mutter, der vor etwa zwei Jahren erfolgt war und seit welchem Georg mit seinem alten Vater in gemeinsamer Wirtschaft lebte, hatte der Freund wohl noch erfahren und sein Beileid in einem Brief mit einer Trockenheit ausgedrückt, die ihren Grund nur darin haben konnte, daß die Trauer über ein solches Ereignis in der Fremde ganz unvorstellbar wird. Nun hatte aber Georg seit jener Zeit, so wie alles andere, auch sein Geschäft mit größerer Entschlossenheit angepackt. Vielleicht hatte ihn der Vater bei Lebzeiten der Mutter dadurch, daß er im Geschäft nur seine Ansicht gelten lassen wollte, an einer wirklichen eigenen Tätigkeit gehindert, vielleicht war der Vater seit dem Tode der Mutter, trotzdem er noch immer im Geschäft arbeitete, zurückhaltender geworden, vielleicht spielten – was sogar sehr wahrscheinlich war – glückliche Zufälle eine weit wichtigere Rolle, jedenfalls aber hatte sich das Geschäft in diesen zwei Jahren ganz unerwartet entwickelt, das Personal hatte man verdoppeln müssen, der Umsatz hatte sich verfünffacht, ein weiterer Fortschritt stand zweifellos bevor.

Der Freund aber hatte keine Ahnung von dieser Veränderung. Früher, zum letztenmal vielleicht in jenem Beileidsbrief, hatte er Georg zur Auswanderung nach Rußland überreden wollen und sich über die Aussichten verbreitet, die gerade für Georgs Geschäftszweig in Petersburg bestanden. Die Ziffern waren verschwindend gegenüber dem Umfang, den Georgs Geschäft jetzt angenommen hatte. Georg aber hatte keine Lust gehabt, dem Freund von seinen geschäftlichen Erfolgen zu schreiben, und hätte er es jetzt nachträglich getan, es hätte wirklich einen merkwürdigen Anschein gehabt.

So beschränkte sich Georg darauf, dem Freund immer nur über bedeutungslose Vorfälle zu schreiben, wie sie sich, wenn man an einem ruhigen Sonntag nachdenkt, in der Erinnerung ungeordnet aufhäufen. Er wollte nichts anderes,

als die Vorstellung ungestört lassen, die sich der Freund von
der Heimatstadt in der langen Zwischenzeit wohl gemacht
und mit welcher er sich abgefunden hatte. So geschah es
Georg, daß er dem Freund die Verlobung eines gleichgültigen Menschen mit einem ebenso gleichgültigen Mädchen
dreimal in ziemlich weit auseinanderliegenden Briefen an-
zeigte, bis sich dann allerdings der Freund, ganz gegen
Georgs Absicht, für diese Merkwürdigkeit zu interessieren
begann.

Georg schrieb ihm aber solche Dinge viel lieber, als daß
er zugestanden hätte, daß er selbst vor einem Monat mit
einem Fräulein Frieda Brandenfeld, einem Mädchen aus
wohlhabender Familie, sich verlobt hatte. Oft sprach er mit
seiner Braut über diesen Freund und das besondere Korre-
spondenzverhältnis, in welchem er zu ihm stand. »Er wird
also gar nicht zu unserer Hochzeit kommen«, sagte sie,
»und ich habe doch das Recht, alle deine Freunde kennen zu
lernen.« »Ich will ihn nicht stören«, antwortete Georg,
»verstehe mich recht, er würde wahrscheinlich kommen,
wenigstens glaube ich es, aber er würde sich gezwungen
und geschädigt fühlen, vielleicht mich beneiden und sicher
unzufrieden und unfähig, diese Unzufriedenheit jemals zu
beseitigen, allein wieder zurückfahren. Allein – weißt du,
was das ist?« »Ja, kann er denn von unserer Heirat nicht
auch auf andere Weise erfahren?« »Das kann ich allerdings
nicht verhindern, aber es ist bei seiner Lebensweise un-
wahrscheinlich.« »Wenn du solche Freunde hast, Georg,
hättest du dich überhaupt nicht verloben sollen.« »Ja, das ist
unser beider Schuld; aber ich wollte es auch jetzt nicht anders haben.« Und wenn sie dann, rasch atmend unter seinen
Küssen, noch vorbrachte: »Eigentlich kränkt es mich doch«,
hielt er es wirklich für unverfänglich, dem Freund alles zu
schreiben. »So bin ich und so hat er mich hinzunehmen«,
sagte er sich, »ich kann nicht aus mir einen Menschen her-
ausschneiden, der vielleicht für die Freundschaft mit ihm
geeigneter wäre, als ich es bin.«

Und tatsächlich berichtete er seinem Freunde in dem langen Brief, den er an diesem Sonntagvormittag schrieb, die erfolgte Verlobung mit folgenden Worten: »Die beste Neuigkeit habe ich mir bis zum Schluß aufgespart. Ich habe mich mit einem Fräulein Frieda Brandenfeld verlobt, einem Mädchen aus einer wohlhabenden Familie, die sich hier erst lange nach Deiner Abreise angesiedelt hat, die Du also kaum kennen dürftest. Es wird sich noch Gelegenheit finden, Dir Näheres über meine Braut mitzuteilen, heute genüge Dir, daß ich recht glücklich bin und daß sich in unserem gegenseitigen Verhältnis nur insofern etwas geändert hat, als Du jetzt in mir statt eines ganz gewöhnlichen Freundes einen glücklichen Freund haben wirst. Außerdem bekommst Du in meiner Braut, die Dich herzlich grüßen läßt, und die Dir nächstens selbst schreiben wird, eine aufrichtige Freundin, was für einen Junggesellen nicht ganz ohne Bedeutung ist. Ich weiß, es hält Dich vielerlei von einem Besuche bei uns zurück, wäre aber nicht gerade meine Hochzeit die richtige Gelegenheit, einmal alle Hindernisse über den Haufen zu werfen? Aber wie dies auch sein mag, handle ohne alle Rücksicht und nur nach Deiner Wohlmeinung.«

Mit diesem Brief in der Hand war Georg lange, das Gesicht dem Fenster zugekehrt, an seinem Schreibtisch gesessen. Einem Bekannten, der ihn im Vorübergehen von der Gasse aus gegrüßt hatte, hatte er kaum mit einem abwesenden Lächeln geantwortet.

Endlich steckte er den Brief in die Tasche und ging aus seinem Zimmer quer durch einen kleinen Gang in das Zimmer seines Vaters, in dem er schon seit Monaten nicht gewesen war. Es bestand auch sonst keine Nötigung dazu, denn er verkehrte mit seinem Vater ständig im Geschäft, das Mittagessen nahmen sie gleichzeitig in einem Speisehaus ein, abends versorgte sich zwar jeder nach Belieben, doch saßen sie dann meistens, wenn nicht Georg, wie es am häufigsten geschah, mit Freunden beisammen war oder jetzt seine

Braut besuchte, noch ein Weilchen, jeder mit seiner Zeitung, im gemeinsamen Wohnzimmer.

Georg staunte darüber, wie dunkel das Zimmer des Vaters selbst an diesem sonnigen Vormittag war. Einen solchen Schatten warf also die hohe Mauer, die sich jenseits des schmalen Hofes erhob. Der Vater saß beim Fenster in einer Ecke, die mit verschiedenen Andenken an die selige Mutter ausgeschmückt war, und las die Zeitung, die er seitlich vor die Augen hielt, wodurch er irgendeine Augenschwäche auszugleichen suchte. Auf dem Tisch standen die Reste des Frühstücks, von dem nicht viel verzehrt zu sein schien.

»Ah, Georg!« sagte der Vater und ging ihm gleich entgegen. Sein schwerer Schlafrock öffnete sich im Gehen, die Enden umflatterten ihn – »mein Vater ist noch immer ein Riese«, sagte sich Georg.

»Hier ist es ja unerträglich dunkel«, sagte er dann.

»Ja, dunkel ist es schon«, antwortete der Vater.

»Das Fenster hast du auch geschlossen?«

»Ich habe es lieber so.«

»Es ist ja ganz warm draußen«, sagte Georg, wie im Nachhang zu dem Früheren, und setzte sich.

Der Vater räumte das Frühstücksgeschirr ab und stellte es auf einen Kasten.

»Ich wollte dir eigentlich nur sagen«, fuhr Georg fort, der den Bewegungen des alten Mannes ganz verloren folgte, »daß ich nun doch nach Petersburg meine Verlobung angezeigt habe.« Er zog den Brief ein wenig aus der Tasche und ließ ihn wieder zurückfallen.

»Nach Petersburg?« fragte der Vater.

»Meinem Freunde doch«, sagte Georg und suchte des Vaters Augen. – »Im Geschäft ist er doch ganz anders«, dachte er, »wie er hier breit sitzt und die Arme über der Brust kreuzt.«

»Ja. Deinem Freunde«, sagte der Vater mit Betonung.

»Du weißt doch, Vater, daß ich ihm meine Verlobung zu-

erst verschweigen wollte. Aus Rücksichtnahme, aus keinem
anderen Grunde sonst. Du weißt selbst, er ist ein schwieri-
ger Mensch. Ich sagte mir, von anderer Seite kann er von
meiner Verlobung wohl erfahren, wenn das auch bei seiner
einsamen Lebensweise kaum wahrscheinlich ist – das kann   5
ich nicht hindern –, aber von mir selbst soll er es nun einmal nicht erfahren.«

»Und jetzt hast du es dir wieder anders überlegt?« fragte
der Vater, legte die große Zeitung auf den Fensterbord und
auf die Zeitung die Brille, die er mit der Hand bedeckte.   10

»Ja, jetzt habe ich es mir wieder überlegt. Wenn er mein
guter Freund ist, sagte ich mir, dann ist meine glückliche
Verlobung auch für ihn ein Glück. Und deshalb habe ich
nicht mehr gezögert, es ihm anzuzeigen. Ehe ich jedoch den
Brief einwarf, wollte ich es dir sagen.«   15

»Georg«, sagte der Vater und zog den zahnlosen Mund in
die Breite, »hör' einmal! Du bist wegen dieser Sache zu mir
gekommen, um dich mit mir zu beraten. Das ehrt dich ohne
Zweifel. Aber es ist nichts, es ist ärger als nichts, wenn du
mir jetzt nicht die volle Wahrheit sagst. Ich will nicht Dinge   20
aufrühren, die nicht hierher gehören. Seit dem Tode unserer teuren Mutter sind gewisse unschöne Dinge vorgegan-
gen. Vielleicht kommt auch für sie die Zeit und vielleicht
kommt sie früher, als wir denken. Im Geschäft entgeht mir
manches, es wird mir vielleicht nicht verborgen – ich will   25
jetzt gar nicht die Annahme machen, daß es mir verborgen
wird –, ich bin nicht mehr kräftig genug, mein Gedächtnis
läßt nach, ich habe nicht mehr den Blick für alle die vielen
Sachen. Das ist erstens der Ablauf der Natur, und zweitens
hat mich der Tod unseres Mütterchens viel mehr niederge-   30
schlagen als dich. – Aber weil wir gerade bei dieser Sache
halten, bei diesem Brief, so bitte ich dich, Georg, täusche
mich nicht. Es ist eine Kleinigkeit, es ist nicht des Atems
wert, also täusche mich nicht. Hast du wirklich diesen
Freund in Petersburg?«   35

Georg stand verlegen auf. »Lassen wir meine Freunde

sein. Tausend Freunde ersetzen mir nicht meinen Vater.
Weißt du, was ich glaube? Du schonst dich nicht genug.
Aber das Alter verlangt seine Rechte. Du bist mir im Geschäft unentbehrlich, das weißt du ja sehr genau, aber wenn
das Geschäft deine Gesundheit bedrohen sollte, sperre ich
es noch morgen für immer. Das geht nicht. Wir müssen da
eine andere Lebensweise für dich einführen. Aber von
Grund aus. Du sitzt hier im Dunkel, und im Wohnzimmer
hättest du schönes Licht. Du nippst vom Frühstück, statt
dich ordentlich zu stärken. Du sitzt bei geschlossenem Fenster, und die Luft würde dir so gut tun. Nein, mein Vater!
Ich werde den Arzt holen und seinen Vorschriften werden
wir folgen. Die Zimmer werden wir wechseln, du wirst ins
Vorderzimmer ziehen, ich hierher. Es wird keine Veränderung für dich sein, alles wird mit übertragen werden. Aber
das alles hat Zeit, jetzt lege dich noch ein wenig ins Bett, du
brauchst unbedingt Ruhe. Komm, ich werde dir beim Aus-
ziehn helfen, du wirst sehn, ich kann es. Oder willst du
gleich ins Vorderzimmer gehn, dann legst du dich vorläufig
in mein Bett. Das wäre übrigens sehr vernünftig.«

Georg stand knapp neben seinem Vater, der den Kopf mit
dem struppigen weißen Haar auf die Brust hatte sinken lassen.

»Georg«, sagte der Vater leise, ohne Bewegung.

Georg kniete sofort neben dem Vater nieder, er sah die
Pupillen in dem müden Gesicht des Vaters übergroß in den
Winkeln der Augen auf sich gerichtet.

»Du hast keinen Freund in Petersburg. Du bist immer ein
Spaßmacher gewesen und hast dich auch mir gegenüber
nicht zurückgehalten. Wie solltest du denn gerade dort
einen Freund haben! Das kann ich gar nicht glauben.«

»Denk doch noch einmal nach, Vater«, sagte Georg, hob
den Vater vom Sessel und zog ihm, wie er nun doch recht
schwach dastand, den Schlafrock aus, »jetzt wird es bald
drei Jahre her sein, da war ja mein Freund bei uns zu Besuch. Ich erinnere mich noch, daß du ihn nicht besonders

gern hattest. Wenigstens zweimal habe ich ihn vor dir ver-
leugnet, trotzdem er gerade bei mir im Zimmer saß. Ich
konnte ja deine Abneigung gegen ihn ganz gut verstehn,
mein Freund hat seine Eigentümlichkeiten. Aber dann hast
du dich doch auch wieder ganz gut mit ihm unterhalten. Ich
war damals noch so stolz darauf, daß du ihm zuhörtest,
nicktest und fragtest. Wenn du nachdenkst, mußt du dich
erinnern. Er erzählte damals unglaubliche Geschichten von
der russischen Revolution. Wie er z. B. auf einer Geschäfts-
reise in Kiew bei einem Tumult einen Geistlichen auf einem
Balkon gesehen hatte, der sich ein breites Blutkreuz in die
flache Hand schnitt, diese Hand erhob und die Menge an-
rief. Du hast ja selbst diese Geschichte hie und da wiederer-
zählt.«

Währenddessen war es Georg gelungen, den Vater wieder
niederzusetzen und ihm die Trikothose, die er über den
Leinenunterhosen trug, sowie die Socken vorsichtig auszuziehn. Beim Anblick der nicht besonders reinen Wäsche
machte er sich Vorwürfe, den Vater vernachlässigt zu haben.
Es wäre sicherlich auch seine Pflicht gewesen, über den
Wäschewechsel seines Vaters zu wachen. Er hatte mit seiner
Braut darüber, wie sie die Zukunft des Vaters einrichten
wollten, noch nicht ausdrücklich gesprochen, denn sie hatten stillschweigend vorausgesetzt, daß der Vater allein in
der alten Wohnung bleiben würde. Doch jetzt entschloß er
sich kurz mit aller Bestimmtheit, den Vater in seinen künftigen Haushalt mitzunehmen. Es schien ja fast, wenn man ge-
nauer zusah, daß die Pflege, die dort dem Vater bereitet
werden sollte, zu spät kommen könnte.

Auf seinen Armen trug er den Vater ins Bett. Ein schreck-
liches Gefühl hatte er, als er während der paar Schritte zum
Bett hin merkte, daß an seiner Brust der Vater mit seiner
Uhrkette spiele. Er konnte ihn nicht gleich ins Bett legen, so
fest hielt er sich an dieser Uhrkette.

Kaum war er aber im Bett, schien alles gut. Er deckte sich
selbst zu und zog dann die Bettdecke noch besonders weit

über die Schulter. Er sah nicht unfreundlich zu Georg hinauf.

»Nicht wahr, du erinnerst dich schon an ihn?« fragte Georg und nickte ihm aufmunternd zu.

»Bin ich jetzt gut zugedeckt?« fragte der Vater, als könne
er nicht nachschauen, ob die Füße genug bedeckt seien.

»Es gefällt dir also schon im Bett«, sagte Georg und legte
das Deckzeug besser um ihn.

»Bin ich gut zugedeckt?« fragte der Vater noch einmal
und schien auf die Antwort besonders aufzupassen.

»Sei nur ruhig, du bist gut zugedeckt.«

»Nein!« rief der Vater, daß die Antwort an die Frage
stieß, warf die Decke zurück mit einer Kraft, daß sie einen
Augenblick im Fluge sich ganz entfaltete, und stand aufrecht im Bett. Nur eine Hand hielt er leicht an den Plafond.
»Du wolltest mich zudecken, das weiß ich, mein Frücht-
chen, aber zugedeckt bin ich noch nicht. Und ist es auch die
letzte Kraft, genug für dich, zuviel für dich. Wohl kenne ich
deinen Freund. Er wäre ein Sohn nach meinem Herzen.
Darum hast du ihn auch betrogen die ganzen Jahre lang.
Warum sonst? Glaubst du, ich habe nicht um ihn geweint?
Darum doch sperrst du dich in dein Bureau, niemand soll
stören, der Chef ist beschäftigt – nur damit du deine fal-
schen Briefchen nach Rußland schreiben kannst. Aber den
Vater muß glücklicherweise niemand lehren, den Sohn zu
durchschauen. Wie du jetzt geglaubt hast, du hättest ihn untergekriegt, so untergekriegt, daß du dich mit deinem Hin-
tern auf ihn setzen kannst und er rührt sich nicht, da hat
sich mein Herr Sohn zum Heiraten entschlossen!«

Georg sah zum Schreckbild seines Vaters auf. Der Peters-
burger Freund, den der Vater plötzlich so gut kannte, ergriff
ihn, wie noch nie. Verloren im weiten Rußland sah er ihn.
An der Türe des leeren, ausgeraubten Geschäftes sah er ihn.
Zwischen den Trümmern der Regale, den zerfetzten Waren,
den fallenden Gasarmen stand er gerade noch. Warum hatte
er so weit wegfahren müssen!

»Aber schau mich an!« rief der Vater, und Georg lief, fast zerstreut, zum Bett, um alles zu fassen, stockte aber in der Mitte des Weges.

»Weil sie die Röcke gehoben hat«, fing der Vater zu flöten an, »weil sie die Röcke so gehoben hat, die widerliche Gans«, und er hob, um das darzustellen, sein Hemd so hoch, daß man auf seinem Oberschenkel die Narbe aus seinen Kriegsjahren sah, »weil sie die Röcke so und so und so gehoben hat, hast du dich an sie herangemacht, und damit du an ihr ohne Störung dich befriedigen kannst, hast du unserer Mutter Andenken geschändet, den Freund verraten und deinen Vater ins Bett gesteckt, damit er sich nicht rühren kann. Aber kann er sich rühren oder nicht?«

Und er stand vollkommen frei und warf die Beine. Er strahlte vor Einsicht.

Georg stand in einem Winkel, möglichst weit vom Vater. Vor einer langen Weile hatte er sich fest entschlossen, alles vollkommen genau zu beobachten, damit er nicht irgendwie auf Umwegen, von hinten her, von oben herab überrascht werden könne. Jetzt erinnerte er sich wieder an den längst vergessenen Entschluß und vergaß ihn, wie man einen kurzen Faden durch ein Nadelöhr zieht.

»Aber der Freund ist nun doch nicht verraten!« rief der Vater, und sein hin- und herbewegter Zeigefinger bekräftigte es. »Ich war sein Vertreter hier am Ort.«

»Komödiant!« konnte sich Georg zu rufen nicht enthalten, erkannte sofort den Schaden und biß, nur zu spät, – die Augen erstarrt – in seine Zunge, daß er vor Schmerz einknickte.

»Ja, freilich habe ich Komödie gespielt! Komödie! Gutes Wort! Welcher andere Trost blieb dem alten verwitweten Vater? Sag – und für den Augenblick der Antwort sei du noch mein lebender Sohn –, was blieb mir übrig, in meinem Hinterzimmer, verfolgt vom ungetreuen Personal, alt bis in die Knochen? Und mein Sohn ging im Jubel durch die Welt, schloß Geschäfte ab, die ich vorbereitet hatte, überpurzelte

sich vor Vergnügen und ging vor seinem Vater mit dem ver-
schlossenen Gesicht eines Ehrenmannes davon! Glaubst du,
ich hätte dich nicht geliebt, ich, von dem du ausgingst?«

»Jetzt wird er sich vorbeugen«, dachte Georg, »wenn er
fiele und zerschmetterte!« Dieses Wort durchzischte seinen
Kopf.

Der Vater beugte sich vor, fiel aber nicht. Da Georg sich
nicht näherte, wie er erwartet hatte, erhob er sich wieder.

»Bleib, wo du bist, ich brauche dich nicht! Du denkst, du
hast noch die Kraft, hierher zu kommen und hältst dich
bloß zurück, weil du so willst. Daß du dich nicht irrst! Ich
bin noch immer der viel Stärkere. Allein hätte ich vielleicht
zurückweichen müssen, aber so hat mir die Mutter ihre
Kraft abgegeben, mit deinem Freund habe ich mich herrlich
verbunden, deine Kundschaft habe ich hier in der Tasche!«

»Sogar im Hemd hat er Taschen!« sagte sich Georg und
glaubte, er könne ihn mit dieser Bemerkung in der ganzen
Welt unmöglich machen. Nur einen Augenblick dachte er
das, denn immerfort vergaß er alles.

»Häng dich nur in deine Braut ein und komm mir entgegen! Ich fege sie dir von der Seite weg, du weißt nicht
wie!«

Georg machte Grimassen, als glaube er das nicht. Der
Vater nickte bloß, die Wahrheit dessen, was er sagte, be-
teuernd, in Georgs Ecke hin.

»Wie hast du mich doch heute unterhalten, als du kamst
und fragtest, ob du deinem Freund von der Verlobung
schreiben sollst. Er weiß doch alles, dummer Junge, er weiß
doch alles! Ich schrieb ihm doch, weil du vergessen hast, mir
das Schreibzeug wegzunehmen. Darum kommt er schon
seit Jahren nicht, er weiß ja alles hundertmal besser als du
selbst, deine Briefe zerknüllt er ungelesen in der linken
Hand, während er in der Rechten meine Briefe zum Lesen
sich vorhält!«

Seinen Arm schwang er vor Begeisterung über dem Kopf.
»Er weiß alles tausendmal besser!« rief er.

»Zehntausendmal!« sagte Georg, um den Vater zu ver-
lachen, aber noch in seinem Munde bekam das Wort einen
toternsten Klang.

»Seit Jahren passe ich schon auf, daß du mit dieser Frage
kämest! Glaubst du, mich kümmert etwas anderes? Glaubst   5
du, ich lese Zeitungen? Da!« und er warf Georg ein Zei-
tungsblatt, das irgendwie mit ins Bett getragen worden war,
zu. Eine alte Zeitung, mit einem Georg schon ganz unbe-
kannten Namen.

»Wie lange hast du gezögert, ehe du reif geworden bist!   10
Die Mutter mußte sterben, sie konnte den Freudentag nicht
erleben, der Freund geht zugrunde in seinem Rußland,
schon vor drei Jahren war er gelb zum Wegwerfen, und
ich, du siehst ja, wie es mit mir steht. Dafür hast du doch
Augen!«   15

»Du hast mir also aufgelauert!« rief Georg.

Mitleidig sagte der Vater nebenbei: »Das wolltest du
wahrscheinlich früher sagen. Jetzt paßt es ja gar nicht
mehr.«

Und lauter: »Jetzt weißt du also, was es noch außer dir   20
gab, bisher wußtest du nur von dir! Ein unschuldiges Kind
warst du ja eigentlich, aber noch eigentlicher warst du ein
teuflischer Mensch! – Und darum wisse: Ich verurteile dich
jetzt zum Tode des Ertrinkens!«

Georg fühlte sich aus dem Zimmer gejagt, den Schlag,   25
mit dem der Vater hinter ihm aufs Bett stürzte, trug er noch
in den Ohren davon. Auf der Treppe, über deren Stufen er
wie über eine schiefe Fläche eilte, überrumpelte er seine Be-
dienerin, die im Begriffe war heraufzugehen, um die Wohnung nach der Nacht aufzuräumen. »Jesus!« rief sie und   30
verdeckte mit der Schürze das Gesicht, aber er war schon
davon. Aus dem Tor sprang er, über die Fahrbahn zum
Wasser trieb es ihn. Schon hielt er das Geländer fest, wie ein
Hungriger die Nahrung. Er schwang sich über, als der aus-
gezeichnete Turner, der er in seinen Jugendjahren zum Stolz 35
seiner Eltern gewesen war. Noch hielt er sich mit schwächer

werdenden Händen fest, erspähte zwischen den Geländerstangen einen Autoomnibus, der mit Leichtigkeit seinen Fall übertönen würde, rief leise: »Liebe Eltern, ich habe euch doch immer geliebt«, und ließ sich hinabfallen.

In diesem Augenblick ging über die Brücke ein geradezu unendlicher Verkehr.

In der Strafkolonie

»Es ist ein eigentümlicher Apparat«, sagte der Offizier zu dem Forschungsreisenden und überblickte mit einem gewissermaßen bewundernden Blick den ihm doch wohlbekannten Apparat. Der Reisende schien nur aus Höflichkeit der Einladung des Kommandanten gefolgt zu sein, der ihn aufgefordert hatte, der Exekution eines Soldaten beizuwohnen, der wegen Ungehorsam und Beleidigung des Vorgesetzten verurteilt worden war. Das Interesse für diese Exekution war wohl auch in der Strafkolonie nicht sehr groß. Wenigstens war hier in dem tiefen, sandigen, von kahlen Abhängen ringsum abgeschlossenen kleinen Tal außer dem Offizier und dem Reisenden nur der Verurteilte, ein stumpfsinniger, breitmäuliger Mensch mit verwahrlostem Haar und Gesicht und ein Soldat zugegen, der die schwere Kette hielt, in welche die kleinen Ketten ausliefen, mit denen der Verurteilte an den Fuß- und Handknöcheln sowie am Hals gefesselt war und die auch untereinander durch Verbindungsketten zusammenhingen. Übrigens sah der Verurteilte so hündisch ergeben aus, daß es den Anschein hatte, als könnte man ihn frei auf den Abhängen herumlaufen lassen und müsse bei Beginn der Exekution nur pfeifen, damit er käme.

Der Reisende hatte wenig Sinn für den Apparat und ging hinter dem Verurteilten fast sichtbar unbeteiligt auf und ab, während der Offizier die letzten Vorbereitungen besorgte, bald unter den tief in die Erde eingebauten Apparat kroch, bald auf eine Leiter stieg, um die oberen Teile zu untersuchen. Das waren Arbeiten, die man eigentlich einem Maschinisten hätte überlassen können, aber der Offizier führte sie mit einem großen Eifer aus, sei es, daß er ein besonderer Anhänger dieses Apparates war, sei es, daß man aus anderen Gründen die Arbeit sonst niemandem anvertrauen konnte. »Jetzt ist alles fertig!« rief er endlich und

stieg von der Leiter hinunter. Er war ungemein ermattet, atmete mit weit offenem Mund und hatte zwei zarte Damentaschentücher hinter den Uniformkragen gezwängt. »Diese
Uniformen sind doch für die Tropen zu schwer«, sagte der
5 Reisende, statt sich, wie es der Offizier erwartet hatte, nach
dem Apparat zu erkundigen. »Gewiß«, sagte der Offizier
und wusch sich die von Öl und Fett beschmutzten Hände in
einem bereitstehenden Wasserkübel, »aber sie bedeuten die
Heimat; wir wollen nicht die Heimat verlieren. – Nun se-
10 hen Sie aber diesen Apparat«, fügte er gleich hinzu, trock-
nete die Hände mit einem Tuch und zeigte gleichzeitig auf
den Apparat. »Bis jetzt war noch Händearbeit nötig, von
jetzt aber arbeitet der Apparat ganz allein.« Der Reisende
nickte und folgte dem Offizier. Dieser suchte sich für alle
15 Zwischenfälle zu sichern und sagte dann: »Es kommen natürlich Störungen vor; ich hoffe zwar, es wird heute keine
eintreten, immerhin muß man mit ihnen rechnen. Der Apparat soll ja zwölf Stunden ununterbrochen im Gang sein.
Wenn aber auch Störungen vorkommen, so sind es doch nur
20 ganz kleine und sie werden sofort behoben sein.«

»Wollen Sie sich nicht setzen?« fragte er schließlich, zog
aus einem Haufen von Rohrstühlen einen hervor und bot
ihn dem Reisenden an; dieser konnte nicht ablehnen. Er saß
nun am Rande einer Grube, in die er einen flüchtigen Blick
25 warf. Sie war nicht sehr tief. Zur einen Seite der Grube war
die ausgegrabene Erde zu einem Wall aufgehäuft, zur anderen Seite stand der Apparat. »Ich weiß nicht«, sagte der
Offizier, »ob Ihnen der Kommandant den Apparat schon
erklärt hat.« Der Reisende machte eine ungewisse Hand-
30 bewegung; der Offizier verlangte nichts Besseres, denn nun
konnte er selbst den Apparat erklären. »Dieser Apparat«,
sagte er und faßte eine Kurbelstange, auf die er sich stützte,
»ist eine Erfindung unseres früheren Kommandanten. Ich
habe gleich bei den allerersten Versuchen mitgearbeitet und
35 war auch bei allen Arbeiten bis zur Vollendung beteiligt.
Das Verdienst der Erfindung allerdings gebührt ihm ganz

allein. Haben Sie von unserem früheren Kommandanten gehört? Nicht? Nun, ich behaupte nicht zu viel, wenn ich sage, daß die Einrichtung der ganzen Strafkolonie sein Werk ist. Wir, seine Freunde, wußten schon bei seinem Tod, daß die Einrichtung der Kolonie so in sich geschlossen ist, daß sein Nachfolger, und habe er tausend neue Pläne im Kopf, wenigstens während vieler Jahre nichts von dem Alten wird ändern können. Unsere Voraussage ist auch eingetroffen; der neue Kommandant hat es erkennen müssen. Schade, daß Sie den früheren Kommandanten nicht gekannt haben! – Aber«, unterbrach sich der Offizier, »ich schwätze, und sein Apparat steht hier vor uns. Er besteht, wie Sie sehen, aus drei Teilen. Es haben sich im Laufe der Zeit für jeden dieser Teile gewissermaßen volkstümliche Bezeichnungen ausgebildet. Der untere heißt das Bett, der obere heißt der Zeichner, und hier der mittlere, schwebende Teil heißt die Egge.« »Die Egge?« fragte der Reisende. Er hatte nicht ganz aufmerksam zugehört, die Sonne verfing sich allzustark in dem schattenlosen Tal, man konnte schwer seine Gedanken sammeln. Um so bewundernswerter erschien ihm der Offizier, der im engen, parademäßigen, mit Epauletten beschwerten, mit Schnüren behängten Waffenrock so eifrig seine Sache erklärte und außerdem, während er sprach, mit einem Schraubendreher noch hier und da an einer Schraube sich zu schaffen machte. In ähnlicher Verfassung wie der Reisende schien der Soldat zu sein. Er hatte um beide Handgelenke die Kette des Verurteilten gewickelt, stützte sich mit einer Hand auf sein Gewehr, ließ den Kopf im Genick hinunterhängen und kümmerte sich um nichts. Der Reisende wunderte sich nicht darüber, denn der Offizier sprach französisch und französisch verstand gewiß weder der Soldat noch der Verurteilte. Um so auffallender war es allerdings, daß der Verurteilte sich dennoch bemühte, den Erklärungen des Offiziers zu folgen. Mit einer Art schläfriger Beharrlichkeit richtete er die Blicke immer dorthin, wohin der Offizier gerade zeigte, und als dieser jetzt vom Rei-

senden mit einer Frage unterbrochen wurde, sah auch er,
ebenso wie der Offizier, den Reisenden an.

»Ja, die Egge«, sagte der Offizier, »der Name paßt. Die
Nadeln sind eggenartig angeordnet, auch wird das Ganze
wie eine Egge geführt, wenn auch bloß auf einem Platz und
viel kunstgemäßer. Sie werden es übrigens gleich verstehen.
Hier auf das Bett wird der Verurteilte gelegt. – Ich will
nämlich den Apparat zuerst beschreiben und dann erst die
Prozedur selbst ausführen lassen. Sie werden ihr dann besser folgen können. Auch ist ein Zahnrad im Zeichner zu
stark abgeschliffen; es kreischt sehr, wenn es im Gang ist;
man kann sich dann kaum verständigen; Ersatzteile sind
hier leider nur schwer zu beschaffen. – Also hier ist das
Bett, wie ich sagte. Es ist ganz und gar mit einer Watteschicht bedeckt; den Zweck dessen werden Sie noch erfahren. Auf diese Watte wird der Verurteilte bäuchlings gelegt,
natürlich nackt; hier sind für die Hände, hier für die Füße,
hier für den Hals Riemen, um ihn festzuschnallen. Hier am
Kopfende des Bettes, wo der Mann, wie ich gesagt habe, zuerst mit dem Gesicht aufliegt, ist dieser kleine Filzstumpf,
der leicht so reguliert werden kann, daß er dem Mann gerade in den Mund dringt. Er hat den Zweck, am Schreien
und am Zerbeißen der Zunge zu hindern. Natürlich muß
der Mann den Filz aufnehmen, da ihm sonst durch den
Halsriemen das Genick gebrochen wird.« »Das ist Watte?«
fragte der Reisende und beugte sich vor. »Ja gewiß«, sagte
der Offizier lächelnd, »befühlen Sie es selbst.« Er faßte die
Hand des Reisenden und führte sie über das Bett hin. »Es
ist eine besonders präparierte Watte, darum sieht sie so un-
kenntlich aus; ich werde auf ihren Zweck noch zu sprechen
kommen.« Der Reisende war schon ein wenig für den
Apparat gewonnen; die Hand zum Schutz gegen die Sonne
über den Augen, sah er an dem Apparat in die Höhe. Es
war ein großer Aufbau. Das Bett und der Zeichner hatten
gleichen Umfang und sahen wie zwei dunkle Truhen aus.
Der Zeichner war etwa zwei Meter über dem Bett ange-

bracht; beide waren in den Ecken durch vier Messingstangen verbunden, die in der Sonne fast Strahlen warfen. Zwischen den Truhen schwebte an einem Stahlband die Egge.

Der Offizier hatte die frühere Gleichgültigkeit des Reisenden kaum bemerkt, wohl aber hatte er für sein jetzt beginnendes Interesse Sinn; er setzte deshalb in seinen Erklärungen aus, um dem Reisenden zur ungestörten Betrachtung Zeit zu lassen. Der Verurteilte ahmte den Reisenden nach; da er die Hand nicht über die Augen legen konnte, blinzelte er mit freien Augen zur Höhe.

»Nun liegt also der Mann«, sagte der Reisende, lehnte sich im Sessel zurück und kreuzte die Beine.

»Ja«, sagte der Offizier, schob ein wenig die Mütze zurück und fuhr sich mit der Hand über das heiße Gesicht, »nun hören Sie! Sowohl das Bett, als auch der Zeichner haben ihre eigene elektrische Batterie; das Bett braucht sie für sich selbst, der Zeichner für die Egge. Sobald der Mann festgeschnallt ist, wird das Bett in Bewegung gesetzt. Es zittert in winzigen, sehr schnellen Zuckungen gleichzeitig seitlich, wie auch auf und ab. Sie werden ähnliche Apparate in Heilanstalten gesehen haben; nur sind bei unserem Bett alle Bewegungen genau berechnet; sie müssen nämlich peinlich auf die Bewegungen der Egge abgestimmt sein. Dieser Egge aber ist die eigentliche Ausführung des Urteils überlassen.«

»Wie lautet denn das Urteil?« fragte der Reisende. »Sie wissen auch das nicht?« sagte der Offizier erstaunt und biß sich auf die Lippen: »Verzeihen Sie, wenn vielleicht meine Erklärungen ungeordnet sind; ich bitte Sie sehr um Entschuldigung. Die Erklärungen pflegte früher nämlich der Kommandant zu geben; der neue Kommandant aber hat sich dieser Ehrenpflicht entzogen; daß er jedoch einen so hohen Besuch« – der Reisende suchte die Ehrung mit beiden Händen abzuwehren, aber der Offizier bestand auf dem Ausdruck – »einen so hohen Besuch nicht einmal von der Form unseres Urteils in Kenntnis setzt, ist wieder eine Neuerung, die –«, er hatte einen Fluch auf den Lippen,

faßte sich aber und sagte nur: »Ich wurde nicht davon ver-
ständigt, mich trifft nicht die Schuld. Übrigens bin ich allerdings am besten befähigt, unsere Urteilsarten zu erklären, denn ich trage hier« – er schlug auf seine Brusttasche –
5 »die betreffenden Handzeichnungen des früheren Kommandanten.«

»Handzeichnungen des Kommandanten selbst?« fragte
der Reisende: »Hat er denn alles in sich vereinigt? War er
Soldat, Richter, Konstrukteur, Chemiker, Zeichner?«

10 »Jawohl«, sagte der Offizier kopfnickend, mit starrem,
nachdenklichem Blick. Dann sah er prüfend seine Hände
an; sie schienen ihm nicht rein genug, um die Zeichnungen
anzufassen; er ging daher zum Kübel und wusch sie nochmals. Dann zog er eine kleine Ledermappe hervor und
15 sagte: »Unser Urteil klingt nicht streng. Dem Verurteilten
wird das Gebot, das er übertreten hat, mit der Egge auf den
Leib geschrieben. Diesem Verurteilten zum Beispiel« – der
Offizier zeigte auf den Mann – »wird auf den Leib geschrieben werden: Ehre deinen Vorgesetzten!«

20 Der Reisende sah flüchtig auf den Mann hin; er hielt, als
der Offizier auf ihn gezeigt hatte, den Kopf gesenkt und
schien alle Kraft des Gehörs anzuspannen, um etwas zu erfahren. Aber die Bewegungen seiner wulstig aneinander ge-
drückten Lippen zeigten offenbar, daß er nichts verstehen
25 konnte. Der Reisende hatte Verschiedenes fragen wollen,
fragte aber im Anblick des Mannes nur: »Kennt er sein Urteil?« »Nein«, sagte der Offizier und wollte gleich in seinen
Erklärungen fortfahren, aber der Reisende unterbrach ihn:
»Er kennt sein eigenes Urteil nicht?« »Nein«, sagte der Of-
30 fizier wieder, stockte dann einen Augenblick, als verlange er
vom Reisenden eine nähere Begründung seiner Frage, und
sagte dann: »Es wäre nutzlos, es ihm zu verkünden. Er erfährt es ja auf seinem Leib.« Der Reisende wollte schon ver-
stummen, da fühlte er, wie der Verurteilte seinen Blick auf
35 ihn richtete; er schien zu fragen, ob er den geschilderten
Vorgang billigen könne. Darum beugte sich der Reisende,

der sich bereits zurückgelehnt hatte, wieder vor und fragte noch: »Aber daß er überhaupt verurteilt wurde, das weiß er doch?« »Auch nicht«, sagte der Offizier und lächelte den Reisenden an, als erwarte er nun von ihm noch einige sonderbare Eröffnungen. »Nein«, sagte der Reisende und strich sich über die Stirn hin, »dann weiß also der Mann auch jetzt noch nicht, wie seine Verteidigung aufgenommen wurde?« »Er hat keine Gelegenheit gehabt, sich zu verteidigen«, sagte der Offizier und sah abseits, als rede er zu sich selbst und wolle den Reisenden durch Erzählung dieser ihm selbstverständlichen Dinge nicht beschämen. »Er muß doch Gelegenheit gehabt haben, sich zu verteidigen«, sagte der Reisende und stand vom Sessel auf.

Der Offizier erkannte, daß er in Gefahr war, in der Erklärung des Apparates für lange Zeit aufgehalten zu werden; er ging daher zum Reisenden, hing sich in seinen Arm, zeigte mit der Hand auf den Verurteilten, der sich jetzt, da die Aufmerksamkeit so offenbar auf ihn gerichtet war, stramm aufstellte – auch zog der Soldat die Kette an –, und sagte: »Die Sache verhält sich folgendermaßen. Ich bin hier in der Strafkolonie zum Richter bestellt. Trotz meiner Jugend. Denn ich stand auch dem früheren Kommandanten in allen Strafsachen zur Seite und kenne auch den Apparat am besten. Der Grundsatz, nach dem ich entscheide, ist: Die Schuld ist immer zweifellos. Andere Gerichte können diesen Grundsatz nicht befolgen, denn sie sind vielköpfig und haben auch noch höhere Gerichte über sich. Das ist hier nicht der Fall, oder war es wenigstens nicht beim früheren Kommandanten. Der neue hat allerdings schon Lust gezeigt, in mein Gericht sich einzumischen, es ist mir aber bisher gelungen, ihn abzuwehren, und wird mir auch weiter gelingen. – Sie wollten diesen Fall erklärt haben; er ist so einfach, wie alle. Ein Hauptmann hat heute morgens die Anzeige erstattet, daß dieser Mann, der ihm als Diener zugeteilt ist und vor seiner Türe schläft, den Dienst verschlafen hat. Er hat nämlich die Pflicht, bei jedem Stundenschlag

aufzustehen und vor der Tür des Hauptmanns zu salutieren. Gewiß keine schwere Pflicht und eine notwendige,
denn er soll sowohl zur Bewachung als auch zur Bedienung
frisch bleiben. Der Hauptmann wollte in der gestrigen
Nacht nachsehen, ob der Diener seine Pflicht erfülle. Er öffnete Schlag zwei Uhr die Tür und fand ihn zusammenge-
krümmt schlafen. Er holte die Reitpeitsche und schlug ihm
über das Gesicht. Statt nun aufzustehen und um Verzeihung
zu bitten, faßte der Mann seinen Herrn bei den Beinen,
schüttelte ihn und rief: ›Wirf die Peitsche weg, oder ich
fresse dich.‹ – Das ist der Sachverhalt. Der Hauptmann kam
vor einer Stunde zu mir, ich schrieb seine Angaben auf und
anschließend gleich das Urteil. Dann ließ ich dem Mann die
Ketten anlegen. Das alles war sehr einfach. Hätte ich den
Mann zuerst vorgerufen und ausgefragt, so wäre nur Ver-
wirrung entstanden. Er hätte gelogen, hätte, wenn es mir
gelungen wäre, die Lügen zu widerlegen, diese durch neue
Lügen ersetzt und so fort. Jetzt aber halte ich ihn und lasse
ihn nicht mehr. – Ist nun alles erklärt? Aber die Zeit vergeht, die Exekution sollte schon beginnen, und ich bin mit
der Erklärung des Apparates noch nicht fertig.« Er nötigte
den Reisenden auf den Sessel nieder, trat wieder zu dem
Apparat und begann: »Wie Sie sehen, entspricht die Egge
der Form des Menschen; hier ist die Egge für den Oberkörper, hier sind die Eggen für die Beine. Für den Kopf ist
nur dieser kleine Stichel bestimmt. Ist Ihnen das klar?« Er
beugte sich freundlich zu dem Reisenden vor, bereit zu den
umfassendsten Erklärungen.

Der Reisende sah mit gerunzelter Stirn die Egge an. Die
Mitteilungen über das Gerichtsverfahren hatten ihn nicht
befriedigt. Immerhin mußte er sich sagen, daß es sich hier
um eine Strafkolonie handelte, daß hier besondere Maß-
regeln notwendig waren und daß man bis zum letzten mili-
tärisch vorgehen mußte. Außerdem aber setzte er einige
Hoffnung auf den neuen Kommandanten, der offenbar,
allerdings langsam, ein neues Verfahren einzuführen beab-

sichtigte, das dem beschränkten Kopf dieses Offiziers nicht
eingehen konnte. Aus diesem Gedankengang heraus fragte
der Reisende: »Wird der Kommandant der Exekution beiwohnen?« »Es ist nicht gewiß«, sagte der Offizier, durch die
unvermittelte Frage peinlich berührt, und seine freundliche
Miene verzerrte sich: »Gerade deshalb müssen wir uns beei-
len. Ich werde sogar, so leid es mir tut, meine Erklärungen
abkürzen müssen. Aber ich könnte ja morgen, wenn der
Apparat wieder gereinigt ist – daß er so sehr beschmutzt
wird, ist sein einziger Fehler – die näheren Erklärungen
nachtragen. Jetzt also nur das Notwendigste. – Wenn der
Mann auf dem Bett liegt und dieses ins Zittern gebracht ist,
wird die Egge auf den Körper gesenkt. Sie stellt sich von
selbst so ein, daß sie nur knapp mit den Spitzen den Körper
berührt; ist die Einstellung vollzogen, strafft sich sofort dieses Stahlseil zu einer Stange. Und nun beginnt das Spiel. Ein
Nichteingeweihter merkt äußerlich keinen Unterschied in
den Strafen. Die Egge scheint gleichförmig zu arbeiten. Zitternd sticht sie ihre Spitzen in den Körper ein, der überdies
vom Bett aus zittert. Um es nun jedem zu ermöglichen, die
Ausführung des Urteils zu überprüfen, wurde die Egge aus
Glas gemacht. Es hat einige technische Schwierigkeiten ver-
ursacht, die Nadeln darin zu befestigen, es ist aber nach vielen Versuchen gelungen. Wir haben eben keine Mühe ge-
scheut. Und nun kann jeder durch das Glas sehen, wie sich
die Inschrift im Körper vollzieht. Wollen Sie nicht näher
kommen und sich die Nadeln ansehen?«

Der Reisende erhob sich langsam, ging hin und beugte
sich über die Egge. »Sie sehen«, sagte der Offizier, »zweier-
lei Nadeln in vielfacher Anordnung. Jede lange hat eine
kurze neben sich. Die lange schreibt nämlich, und die kurze spritzt Wasser aus, um das Blut abzuwaschen und die
Schrift immer klar zu erhalten. Das Blutwasser wird dann
hier in kleine Rinnen geleitet und fließt endlich in diese
Hauptrinne, deren Abflußrohr in die Grube führt.« Der
Offizier zeigte mit dem Finger genau den Weg, den das

Blutwasser nehmen mußte. Als er es, um es möglichst an-
schaulich zu machen, an der Mündung des Abflußrohres
mit beiden Händen förmlich auffing, erhob der Reisende
den Kopf und wollte, mit der Hand rückwärts tastend, zu
5 seinem Sessel zurückgehen. Da sah er zu seinem Schrecken,
daß auch der Verurteilte gleich ihm der Einladung des Offiziers, sich die Einrichtung der Egge aus der Nähe anzu-
sehen, gefolgt war. Er hatte den verschlafenen Soldaten an
der Kette ein wenig vorgezerrt und sich auch über das Glas
10 gebeugt. Man sah, wie er mit unsicheren Augen auch das
suchte, was die zwei Herren eben beobachtet hatten, wie es
ihm aber, da ihm die Erklärung fehlte, nicht gelingen
wollte. Er beugte sich hierhin und dorthin. Immer wieder
lief er mit den Augen das Glas ab. Der Reisende wollte ihn
15 zurücktreiben, denn, was er tat, war wahrscheinlich strafbar.
Aber der Offizier hielt den Reisenden mit einer Hand fest,
nahm mit der anderen eine Erdscholle vom Wall und warf
sie nach dem Soldaten. Dieser hob mit einem Ruck die Augen, sah, was der Verurteilte gewagt hatte, ließ das Gewehr
20 fallen, stemmte die Füße mit den Absätzen in den Boden,
riß den Verurteilten zurück, daß er gleich niederfiel, und
sah dann auf ihn hinunter, wie er sich wand und mit seinen
Ketten klirrte. »Stell ihn auf!« schrie der Offizier, denn er
merkte, daß der Reisende durch den Verurteilten allzusehr
25 abgelenkt wurde. Der Reisende beugte sich sogar über die
Egge hinweg, ohne sich um sie zu kümmern, und wollte nur
feststellen, was mit dem Verurteilten geschehe. »Behandle
ihn sorgfältig!« schrie der Offizier wieder. Er umlief den
Apparat, faßte selbst den Verurteilten unter den Achseln
30 und stellte ihn, der öfters mit den Füßen ausglitt, mit Hilfe
des Soldaten auf.

»Nun weiß ich schon alles«, sagte der Reisende, als der
Offizier wieder zu ihm zurückkehrte. »Bis auf das Wichtig-
ste«, sagte dieser, ergriff den Reisenden am Arm und zeigte
35 in die Höhe: »Dort im Zeichner ist das Räderwerk, welches
die Bewegung der Egge bestimmt, und dieses Räderwerk

wird nach der Zeichnung, auf welche das Urteil lautet, angeordnet. Ich verwende noch die Zeichnungen des früheren
Kommandanten. Hier sind sie« – er zog einige Blätter aus
der Ledermappe – »ich kann sie Ihnen aber leider nicht in
die Hand geben, sie sind das Teuerste, was ich habe. Setzen
Sie sich, ich zeige sie Ihnen aus dieser Entfernung, dann
werden Sie alles gut sehen können.« Er zeigte das erste
Blatt. Der Reisende hätte gerne etwas Anerkennendes gesagt, aber er sah nur labyrinthartige, einander vielfach kreu-
zende Linien, die so dicht das Papier bedeckten, daß man
nur mit Mühe die weißen Zwischenräume erkannte. »Lesen
Sie«, sagte der Offizier. »Ich kann nicht«, sagte der Reisende. »Es ist doch deutlich«, sagte der Offizier. »Es ist sehr
kunstvoll«, sagte der Reisende ausweichend, »aber ich kann
es nicht entziffern.« »Ja«, sagte der Offizier, lachte und
steckte die Mappe wieder ein, »es ist keine Schönschrift für
Schulkinder. Man muß lange darin lesen. Auch Sie würden
es schließlich gewiß erkennen. Es darf natürlich keine einfa-
che Schrift sein; sie soll ja nicht sofort töten, sondern durch-
schnittlich erst in einem Zeitraum von zwölf Stunden; für
die sechste Stunde ist der Wendepunkt berechnet. Es müssen also viele, viele Zieraten die eigentliche Schrift umgeben;
die wirkliche Schrift umzieht den Leib nur in einem schmalen Gürtel; der übrige Körper ist für Verzierungen bestimmt. Können Sie jetzt die Arbeit der Egge und des ganzen Apparates würdigen? – Sehen Sie doch!« Er sprang auf
die Leiter, drehte ein Rad, rief hinunter: »Achtung, treten
Sie zur Seite«, und alles kam in Gang. Hätte das Rad nicht
gekreischt, es wäre herrlich gewesen. Als sei der Offizier
von diesem störenden Rad überrascht, drohte er ihm mit
der Faust, breitete dann, sich entschuldigend, zum Reisenden hin die Arme aus und kletterte eilig hinunter, um den
Gang des Apparates von unten zu beobachten. Noch war
etwas nicht in Ordnung, das nur er merkte; er kletterte wieder hinauf, griff mit beiden Händen in das Innere des
Zeichners, glitt dann, um rascher hinunterzukommen, statt

die Leiter zu benutzen, an der einen Stange hinunter und
schrie nun, um sich im Lärm verständlich zu machen, mit
äußerster Anspannung dem Reisenden ins Ohr: »Begreifen
Sie den Vorgang? Die Egge fängt zu schreiben an; ist sie mit
5 der ersten Anlage der Schrift auf dem Rücken des Mannes
fertig, rollt die Watteschicht und wälzt den Körper langsam
auf die Seite, um der Egge neuen Raum zu bieten. Inzwischen legen sich die wundbeschriebenen Stellen auf die
Watte, welche infolge der besonderen Präparierung sofort
10 die Blutung stillt und zu neuer Vertiefung der Schrift vorbereitet. Hier die Zacken am Rande der Egge reißen dann
beim weiteren Umwälzen des Körpers die Watte von den
Wunden, schleudern sie in die Grube, und die Egge hat wieder Arbeit. So schreibt sie immer tiefer die zwölf Stunden
15 lang. Die ersten sechs Stunden lebt der Verurteilte fast wie
früher, er leidet nur Schmerzen. Nach zwei Stunden wird
der Filz entfernt, denn der Mann hat keine Kraft zum
Schreien mehr. Hier in diesen elektrisch geheizten Napf am
Kopfende wird warmer Reisbrei gelegt, aus dem der Mann,
20 wenn er Lust hat, nehmen kann, was er mit der Zunge er-
hascht. Keiner versäumt die Gelegenheit. Ich weiß keinen,
und meine Erfahrung ist groß. Erst um die sechste Stunde
verliert er das Vergnügen am Essen. Ich knie dann gewöhn-
lich hier nieder und beobachte diese Erscheinung. Der
25 Mann schluckt den letzten Bissen selten, er dreht ihn nur im
Mund und speit ihn in die Grube. Ich muß mich dann bük-
ken, sonst fährt es mir ins Gesicht. Wie still wird dann aber
der Mann um die sechste Stunde! Verstand geht dem Blöde-
sten auf. Um die Augen beginnt es. Von hier aus verbreitet
30 es sich. Ein Anblick, der einen verführen könnte, sich mit
unter die Egge zu legen. Es geschieht ja nichts weiter, der
Mann fängt bloß an, die Schrift zu entziffern, er spitzt den
Mund, als horche er. Sie haben gesehen, es ist nicht leicht,
die Schrift mit den Augen zu entziffern; unser Mann entzif-
35 fert sie aber mit seinen Wunden. Es ist allerdings viel Arbeit; er braucht sechs Stunden zu ihrer Vollendung. Dann

aber spießt ihn die Egge vollständig auf und wirft ihn in die
Grube, wo er auf das Blutwasser und die Watte nieder-
klatscht. Dann ist das Gericht zu Ende, und wir, ich und der
Soldat, scharren ihn ein.«

Der Reisende hatte das Ohr zum Offizier geneigt und
sah, die Hände in den Rocktaschen, der Arbeit der Maschine zu. Auch der Verurteilte sah ihr zu, aber ohne Ver-
ständnis. Er bückte sich ein wenig und verfolgte die
schwankenden Nadeln, als ihm der Soldat, auf ein Zeichen
des Offiziers, mit einem Messer hinten Hemd und Hose
durchschnitt, so daß sie von dem Verurteilten abfielen; er
wollte nach dem fallenden Zeug greifen, um seine Blöße zu
bedecken, aber der Soldat hob ihn in die Höhe und schüttelte die letzten Fetzen von ihm ab. Der Offizier stellte die
Maschine ein, und in der jetzt eintretenden Stille wurde der
Verurteilte unter die Egge gelegt. Die Ketten wurden gelöst,
und statt dessen die Riemen befestigt; es schien für den Verurteilten im ersten Augenblick fast eine Erleichterung zu
bedeuten. Und nun senkte sich die Egge noch ein Stück tiefer, denn es war ein magerer Mann. Als ihn die Spitzen be-
rührten, ging ein Schauer über seine Haut; er streckte, während der Soldat mit seiner rechten Hand beschäftigt war, die
linke aus, ohne zu wissen wohin; es war aber die Richtung,
wo der Reisende stand. Der Offizier sah ununterbrochen
den Reisenden von der Seite an, als suche er von seinem Gesicht den Eindruck abzulesen, den die Exekution, die er ihm
nun wenigstens oberflächlich erklärt hatte, auf ihn mache.

Der Riemen, der für das Handgelenk bestimmt war, riß;
wahrscheinlich hatte ihn der Soldat zu stark angezogen. Der
Offizier sollte helfen, der Soldat zeigte ihm das abgerissene
Riemenstück. Der Offizier ging auch zu ihm hinüber und
sagte, das Gesicht dem Reisenden zugewendet: »Die Maschine ist sehr zusammengesetzt, es muß hie und da etwas
reißen oder brechen; dadurch darf man sich aber im Ge-
samturteil nicht beirren lassen. Für den Riemen ist übrigens
sofort Ersatz geschafft; ich werde eine Kette verwenden; die

Zartheit der Schwingung wird dadurch für den rechten Arm
allerdings beeinträchtigt.« Und während er die Ketten an-
legte, sagte er noch: »Die Mittel zur Erhaltung der Maschine sind jetzt sehr eingeschränkt. Unter dem früheren
Kommandanten war eine mir frei zugängliche Kassa nur für
diesen Zweck bestimmt. Es gab hier ein Magazin, in dem
alle möglichen Ersatzstücke aufbewahrt wurden. Ich ge-
stehe, ich trieb damit fast Verschwendung, ich meine früher,
nicht jetzt, wie der neue Kommandant behauptet, dem alles
nur zum Vorwand dient, alte Einrichtungen zu bekämpfen.
Jetzt hat er die Maschinenkassa in eigener Verwaltung, und
schicke ich um einen neuen Riemen, wird der zerrissene als
Beweisstück verlangt, der neue kommt erst in zehn Tagen,
ist dann aber von schlechterer Sorte und taugt nicht viel.
Wie ich aber in der Zwischenzeit ohne Riemen die Maschine
betreiben soll, darum kümmert sich niemand.«

Der Reisende überlegte: Es ist immer bedenklich, in
fremde Verhältnisse entscheidend einzugreifen. Er war weder Bürger der Strafkolonie, noch Bürger des Staates, dem
sie angehörte. Wenn er diese Exekution verurteilen oder gar
hintertreiben wollte, konnte man ihm sagen: Du bist ein
Fremder, sei still. Darauf hätte er nichts erwidern, sondern
nur hinzufügen können, daß er sich in diesem Falle selbst
nicht begreife, denn er reise nur mit der Absicht zu sehen
und keineswegs etwa, um fremde Gerichtsverfassungen zu
ändern. Nun lagen aber hier die Dinge allerdings sehr ver-
führerisch. Die Ungerechtigkeit des Verfahrens und die Un-
menschlichkeit der Exekution war zweifellos. Niemand
konnte irgendeine Eigennützigkeit des Reisenden annehe-
men, denn der Verurteilte war ihm fremd, kein Landsmann
und ein zum Mitleid gar nicht auffordernder Mensch. Der
Reisende selbst hatte Empfehlungen hoher Ämter, war hier
mit großer Höflichkeit empfangen worden, und daß er zu
dieser Exekution eingeladen worden war, schien sogar darauf hinzudeuten, daß man sein Urteil über dieses Gericht
verlangte. Dies war aber um so wahrscheinlicher, als der

Kommandant, wie er jetzt überdeutlich gehört hatte, kein
Anhänger dieses Verfahrens war und sich gegenüber dem
Offizier fast feindselig verhielt.

Da hörte der Reisende einen Wutschrei des Offiziers. Er
hatte gerade, nicht ohne Mühe, dem Verurteilten den Filzstumpf in den Mund geschoben, als der Verurteilte in einem
unwiderstehlichen Brechreiz die Augen schloß und sich er-
brach. Eilig riß ihn der Offizier vom Stumpf in die Höhe
und wollte den Kopf zur Grube hindrehen; aber es war zu
spät, der Unrat floß schon an der Maschine hinab. »Alles
Schuld des Kommandanten!« schrie der Offizier und rüt-
telte besinnungslos vorn an den Messingstangen, »die Maschine wird mir verunreinigt wie ein Stall.« Er zeigte mit
zitternden Händen dem Reisenden, was geschehen war.
»Habe ich nicht stundenlang dem Kommandanten begreiflich zu machen gesucht, daß einen Tag vor der Exekution
kein Essen mehr verabfolgt werden soll. Aber die neue
milde Richtung ist anderer Meinung. Die Damen des Kommandanten stopfen dem Mann, ehe er abgeführt wird,
den Hals mit Zuckersachen voll. Sein ganzes Leben hat er
sich von stinkenden Fischen genährt und muß jetzt Zuckersachen essen! Aber es wäre ja möglich, ich würde nichts
einwenden, aber warum schafft man nicht einen neuen Filz
an, wie ich ihn seit einem Vierteljahr erbitte. Wie kann
man ohne Ekel diesen Filz in den Mund nehmen, an dem
mehr als hundert Männer im Sterben gesaugt und gebissen
haben?«

Der Verurteilte hatte den Kopf niedergelegt und sah
friedlich aus, der Soldat war damit beschäftigt, mit dem
Hemd des Verurteilten die Maschine zu putzen. Der Offizier ging zum Reisenden, der in irgendeiner Ahnung einen
Schritt zurücktrat, aber der Offizier faßte ihn bei der Hand
und zog ihn zur Seite. »Ich will einige Worte im Vertrauen
mit Ihnen sprechen«, sagte er, »ich darf das doch?« »Gewiß«, sagte der Reisende und hörte mit gesenkten Augen
zu.

»Dieses Verfahren und diese Hinrichtung, die Sie jetzt zu bewundern Gelegenheit haben, hat gegenwärtig in unserer Kolonie keinen offenen Anhänger mehr. Ich bin ihr einziger Vertreter, gleichzeitig der einzige Vertreter des Erbes des alten Kommandanten. An einen weiteren Ausbau des Verfahrens kann ich nicht mehr denken, ich verbrauche alle meine Kräfte, um zu erhalten, was vorhanden ist. Als der alte Kommandant lebte, war die Kolonie von seinen Anhängern voll; die Überzeugungskraft des alten Kommandanten habe ich zum Teil, aber seine Macht fehlt mir ganz; infolgedessen haben sich die Anhänger verkrochen, es gibt noch viele, aber keiner gesteht es ein. Wenn Sie heute, also an einem Hinrichtungstag, ins Teehaus gehen und herumhorchen, werden Sie vielleicht nur zweideutige Äußerungen hören. Das sind lauter Anhänger, aber unter dem gegenwärtigen Kommandanten und bei seinen gegenwärtigen Anschauungen für mich ganz unbrauchbar. Und nun frage ich Sie: Soll wegen dieses Kommandanten und seiner Frauen, die ihn beeinflussen, ein solches Lebenswerk« – er zeigte auf die Maschine – »zugrunde gehen? Darf man das zulassen? Selbst wenn man nur als Fremder ein paar Tage auf unserer Insel ist? Es ist aber keine Zeit zu verlieren, man bereitet etwas gegen meine Gerichtsbarkeit vor; es finden schon Beratungen in der Kommandatur statt, zu denen ich nicht zugezogen werde; sogar Ihr heutiger Besuch scheint mir für die ganze Lage bezeichnend; man ist feig und schickt Sie, einen Fremden, vor. – Wie war die Exekution anders in früherer Zeit! Schon einen Tag vor der Hinrichtung war das ganze Tal von Menschen überfüllt; alle kamen nur um zu sehen; früh am Morgen erschien der Kommandant mit seinen Damen; Fanfaren weckten den ganzen Lagerplatz; ich erstattete die Meldung, daß alles vorbereitet sei; die Gesellschaft – kein hoher Beamte durfte fehlen – ordnete sich um die Maschine; dieser Haufen Rohrsessel ist ein armseliges Überbleibsel aus jener Zeit. Die Maschine glänzte frisch geputzt, fast zu jeder Exeku-

tion nahm ich neue Ersatzstücke. Vor hunderten Augen –
alle Zuschauer standen auf den Fußspitzen bis dort zu
den Anhöhen – wurde der Verurteilte vom Kommandanten selbst unter die Egge gelegt. Was heute ein ge-
meiner Soldat tun darf, war damals meine, des Gerichts-
präsidenten, Arbeit und ehrte mich. Und nun begann die
Exekution! Kein Mißton störte die Arbeit der Maschine.
Manche sahen nun gar nicht mehr zu, sondern lagen mit ge-
schlossenen Augen im Sand; alle wußten: Jetzt geschieht
Gerechtigkeit. In der Stille hörte man nur das Seufzen des
Verurteilten, gedämpft durch den Filz. Heute gelingt es der
Maschine nicht mehr, dem Verurteilten ein stärkeres Seufzen auszupressen, als der Filz noch ersticken kann; damals
aber tropften die schreibenden Nadeln eine beizende Flüs-
sigkeit aus, die heute nicht mehr verwendet werden darf.
Nun, und dann kam die sechste Stunde! Es war unmöglich,
allen die Bitte, aus der Nähe zuschauen zu dürfen, zu ge-
währen. Der Kommandant in seiner Einsicht ordnete an,
daß vor allem die Kinder berücksichtigt werden sollten; ich
allerdings durfte kraft meines Berufes immer dabeistehen;
oft hockte ich dort, zwei kleine Kinder rechts und links in
meinen Armen. Wie nahmen wir alle den Ausdruck der Ver-
klärung von dem gemarterten Gesicht, wie hielten wir unsere Wangen in den Schein dieser endlich erreichten und
schon vergehenden Gerechtigkeit! Was für Zeiten, mein Ka-
merad!« Der Offizier hatte offenbar vergessen, wer vor ihm
stand; er hatte den Reisenden umarmt und den Kopf auf
seine Schulter gelegt. Der Reisende war in großer Verlegen-
heit, ungeduldig sah er über den Offizier hinweg. Der Soldat hatte die Reinigungsarbeit beendet und jetzt noch aus
einer Büchse Reisbrei in den Napf geschüttet. Kaum merkte
dies der Verurteilte, der sich schon vollständig erholt zu haben schien, als er mit der Zunge nach dem Brei zu schnap-
pen begann. Der Soldat stieß ihn immer wieder weg, denn
der Brei war wohl für eine spätere Zeit bestimmt, aber un-
gehörig war es jedenfalls auch, daß der Soldat mit seinen

schmutzigen Händen hineingriff und vor dem gierigen Verurteilten davon aß.

Der Offizier faßte sich schnell. »Ich wollte Sie nicht etwa
rühren«, sagte er, »ich weiß, es ist unmöglich, jene Zeiten
heute begreiflich zu machen. Im übrigen arbeitet die Maschine noch und wirkt für sich. Sie wirkt für sich, auch
wenn sie allein in diesem Tale steht. Und die Leiche fällt
zum Schluß noch immer in dem unbegreiflich sanften Flug
in die Grube, auch wenn nicht, wie damals, Hunderte wie
Fliegen um die Grube sich versammeln. Damals mußten wir
ein starkes Geländer um die Grube anbringen, es ist längst
weggerissen.«

Der Reisende wollte sein Gesicht dem Offizier entziehen
und blickte ziellos herum. Der Offizier glaubte, er betrachte
die Öde des Tales; er ergriff deshalb seine Hände, drehte
sich um ihn, um seine Blicke zu fassen, und fragte: »Merken
Sie die Schande?«

Aber der Reisende schwieg. Der Offizier ließ für ein
Weilchen von ihm ab; mit auseinandergestellten Beinen, die
Hände in den Hüften, stand er still und blickte zu Boden.
Dann lächelte er dem Reisenden aufmunternd zu und sagte:
»Ich war gestern in Ihrer Nähe, als der Kommandant Sie
einlud. Ich hörte die Einladung. Ich kenne den Kommandanten. Ich verstand sofort, was er mit der Einladung be-
zweckte. Trotzdem seine Macht groß genug wäre, um gegen
mich einzuschreiten, wagt er es noch nicht, wohl aber will
er mich Ihrem, dem Urteil eines angesehenen Fremden aus-
setzen. Seine Berechnung ist sorgfältig; Sie sind den zweiten
Tag auf der Insel, Sie kannten den alten Kommandanten
und seinen Gedankenkreis nicht, Sie sind in europäischen
Anschauungen befangen, vielleicht sind Sie ein grundsätz-
licher Gegner der Todesstrafe im allgemeinen und einer der-
artigen maschinellen Hinrichtungsart im besonderen, Sie
sehen überdies, wie die Hinrichtung ohne öffentliche An-
teilnahme, traurig, auf einer bereits etwas beschädigten Maschine vor sich geht – wäre es nun, alles dieses zusammen-

genommen (so denkt der Kommandant), nicht sehr leicht möglich, daß Sie mein Verfahren nicht für richtig halten? Und wenn Sie es nicht für richtig halten, werden Sie dies (ich rede noch immer im Sinne des Kommandanten) nicht verschweigen, denn Sie vertrauen doch gewiß Ihren vielerprobten Überzeugungen. Sie haben allerdings viele Eigentümlichkeiten vieler Völker gesehen und achten gelernt, Sie werden daher wahrscheinlich sich nicht mit ganzer Kraft, wie Sie es vielleicht in Ihrer Heimat tun würden, gegen das Verfahren aussprechen. Aber dessen bedarf der Kommandant gar nicht. Ein flüchtiges, ein bloß unvorsichtiges Wort genügt. Es muß gar nicht Ihrer Überzeugung entsprechen, wenn es nur scheinbar seinem Wunsche entgegenkommt. Daß er Sie mit aller Schlauheit ausfragen wird, dessen bin ich gewiß. Und seine Damen werden im Kreis herumsitzen und die Ohren spitzen; Sie werden etwa sagen: ›Bei uns ist das Gerichtsverfahren ein anderes‹, oder ›Bei uns wird der Angeklagte vor dem Urteil verhört‹, oder ›Bei uns erfährt der Verurteilte das Urteil‹, oder ›Bei uns gibt es auch andere Strafen als Todesstrafen‹, oder ›Bei uns gab es Folterungen nur im Mittelalter‹. Das alles sind Bemerkungen, die ebenso richtig sind, als sie Ihnen selbstverständlich erscheinen, unschuldige Bemerkungen, die mein Verfahren nicht antasten. Aber wie wird sie der Kommandant aufnehmen? Ich sehe ihn, den guten Kommandanten, wie er sofort den Stuhl beiseite schiebt und auf den Balkon eilt, ich sehe seine Damen, wie sie ihm nachströmen, ich höre seine Stimme – die Damen nennen sie eine Donnerstimme –, nun, und er spricht: ›Ein großer Forscher des Abendlandes, dazu bestimmt, das Gerichtsverfahren in allen Ländern zu überprüfen, hat eben gesagt, daß unser Verfahren nach altem Brauch ein unmenschliches ist. Nach diesem Urteil einer solchen Persönlichkeit ist es mir natürlich nicht mehr möglich, dieses Verfahren zu dulden. Mit dem heutigen Tage also ordne ich an – usw.‹ Sie wollen eingreifen, Sie haben nicht das gesagt, was er verkündet, Sie haben mein Verfahren nicht un-

menschlich genannt, im Gegenteil, Ihrer tiefen Einsicht ent-
sprechend halten Sie es für das menschlichste und men-
schenwürdigste, Sie bewundern auch diese Maschinerie –
aber es ist zu spät; Sie kommen gar nicht auf den Balkon,
der schon voll Damen ist; Sie wollen sich bemerkbar machen; Sie wollen schreien; aber eine Damenhand hält Ihnen
den Mund zu – und ich und das Werk des alten Kommandanten sind verloren.«

Der Reisende mußte ein Lächeln unterdrücken; so leicht
war also die Aufgabe, die er für so schwer gehalten hatte. Er
sagte ausweichend: »Sie überschätzen meinen Einfluß; der
Kommandant hat mein Empfehlungsschreiben gelesen, er
weiß, daß ich kein Kenner der gerichtlichen Verfahren bin.
Wenn ich eine Meinung aussprechen würde, so wäre es die
Meinung eines Privatmannes, um nichts bedeutender als die
Meinung eines beliebigen anderen, und jedenfalls viel be-
deutungsloser als die Meinung des Kommandanten, der in
dieser Strafkolonie, wie ich zu wissen glaube, sehr ausge-
dehnte Rechte hat. Ist seine Meinung über dieses Verfahren
eine so bestimmte, wie Sie glauben, dann, fürchte ich, ist
allerdings das Ende dieses Verfahrens gekommen, ohne daß
es meiner bescheidenen Mithilfe bedürfte.«

Begriff es schon der Offizier? Nein, er begriff noch nicht.
Er schüttelte lebhaft den Kopf, sah kurz nach dem Verurteilten und dem Soldaten zurück, die zusammenzuckten
und vom Reis abließen, ging ganz nahe an den Reisenden
heran, blickte ihm nicht ins Gesicht, sondern irgendwohin
auf seinen Rock und sagte leiser als früher: »Sie kennen den
Kommandanten nicht; Sie stehen ihm und uns allen – verzeihen Sie den Ausdruck – gewissermaßen harmlos gegenüber; Ihr Einfluß, glauben Sie mir, kann nicht hoch genug
eingeschätzt werden. Ich war ja glückselig, als ich hörte, daß
Sie allein der Exekution beiwohnen sollten. Diese Anordnung des Kommandanten sollte mich treffen, nun aber
wende ich sie zu meinen Gunsten. Unabgelenkt von fal-
schen Einflüsterungen und verächtlichen Blicken – wie sie

bei größerer Teilnahme an der Exekution nicht hätten ver-
mieden werden können – haben Sie meine Erklärungen an-
gehört, die Maschine gesehen und sind nun im Begriffe, die
Exekution zu besichtigen. Ihr Urteil steht gewiß schon fest;
sollten noch kleine Unsicherheiten bestehen, so wird sie der
Anblick der Exekution beseitigen. Und nun stelle ich an Sie
die Bitte: helfen Sie mir gegenüber dem Kommandanten!«

Der Reisende ließ ihn nicht weiter reden. »Wie könnte
ich denn das«, rief er aus, »das ist ganz unmöglich. Ich kann
Ihnen ebensowenig nützen als ich Ihnen schaden kann.«

»Sie können es«, sagte der Offizier. Mit einiger Befürch-
tung sah der Reisende, daß der Offizier die Fäuste ballte.
»Sie können es«, wiederholte der Offizier noch dringender.
»Ich habe einen Plan, der gelingen muß. Sie glauben, Ihr
Einfluß genüge nicht. Ich weiß, daß er genügt. Aber zugestanden, daß Sie recht haben, ist es denn nicht notwendig,
zur Erhaltung dieses Verfahrens alles, selbst das möglicher-
weise Unzureichende zu versuchen? Hören Sie also meinen
Plan. Zu seiner Ausführung ist es vor allem nötig, daß Sie
heute in der Kolonie mit Ihrem Urteil über das Verfahren
möglichst zurückhalten. Wenn man Sie nicht geradezu fragt,
dürfen Sie sich keinesfalls äußern; Ihre Äußerungen aber
müssen kurz und unbestimmt sein; man soll merken, daß es
Ihnen schwer wird, darüber zu sprechen, daß Sie verbittert
sind, daß Sie, falls Sie offen reden sollten, geradezu in Ver-
wünschungen ausbrechen müßten. Ich verlange nicht, daß
Sie lügen sollen; keineswegs; Sie sollen nur kurz antworten,
etwa: ›Ja, ich habe die Exekution gesehen‹, oder ›Ja, ich habe
alle Erklärungen gehört‹. Nur das, nichts weiter. Für die
Verbitterung, die man Ihnen anmerken soll, ist ja genügend
Anlaß, wenn auch nicht im Sinne des Kommandanten. Er
natürlich wird es vollständig mißverstehen und in seinem
Sinne deuten. Darauf gründet sich mein Plan. Morgen findet in der Kommandatur unter dem Vorsitz des Kommandanten eine große Sitzung aller höheren Verwaltungsbeam-
ten statt. Der Kommandant hat es natürlich verstanden, aus

solchen Sitzungen eine Schaustellung zu machen. Es wurde eine Galerie gebaut, die mit Zuschauern immer besetzt ist. Ich bin gezwungen an den Beratungen teilzunehmen, aber der Widerwille schüttelt mich. Nun werden Sie gewiß auf jeden Fall zu der Sitzung eingeladen werden; wenn Sie sich heute meinem Plane gemäß verhalten, wird die Einladung zu einer dringenden Bitte werden. Sollten Sie aber aus irgendeinem unerfindlichen Grunde doch nicht eingeladen werden, so müßten Sie allerdings die Einladung verlangen; daß Sie sie dann erhalten, ist zweifellos. Nun sitzen Sie also morgen mit den Damen in der Loge des Kommandanten. Er versichert sich öfters durch Blicke nach oben, daß Sie da sind. Nach verschiedenen gleichgültigen, lächerlichen, nur für die Zuhörer berechneten Verhandlungsgegenständen – meistens sind es Hafenbauten, immer wieder Hafenbauten! – kommt auch das Gerichtsverfahren zur Sprache. Sollte es von seiten des Kommandanten nicht oder nicht bald genug geschehen, so werde ich dafür sorgen, daß es geschieht. Ich werde aufstehen und die Meldung von der heutigen Exekution erstatten. Ganz kurz, nur diese Meldung. Eine solche Meldung ist zwar dort nicht üblich, aber ich tue es doch. Der Kommandant dankt mir, wie immer, mit freundlichem Lächeln und nun, er kann sich nicht zurückhalten, erfaßt er die gute Gelegenheit. ›Es wurde eben‹, so oder ähnlich wird er sprechen, ›die Meldung von der Exekution erstattet. Ich möchte dieser Meldung nur hinzufügen, daß gerade dieser Exekution der große Forscher beigewohnt hat, von dessen unsere Kolonie so außerordentlich ehrendem Besuch Sie alle wissen. Auch unsere heutige Sitzung ist durch seine Anwesenheit in ihrer Bedeutung erhöht. Wollen wir nun nicht an diesen großen Forscher die Frage richten, wie er die Exekution nach altem Brauch und das Verfahren, das ihr vorhergeht, beurteilt?‹ Natürlich überall Beifallklatschen, allgemeine Zustimmung, ich bin der lauteste. Der Kommandant verbeugt sich vor Ihnen und sagt: ›Dann stelle ich im Namen aller die Frage.‹ Und nun treten Sie an die Brüstung.

Legen Sie die Hände für alle sichtbar hin, sonst fassen sie
die Damen und spielen mit den Fingern. – Und jetzt
kommt endlich Ihr Wort. Ich weiß nicht, wie ich die Span-
nung der Stunden bis dahin ertragen werde. In Ihrer Rede
müssen Sie sich keine Schranken setzen, machen Sie mit der
Wahrheit Lärm, beugen Sie sich über die Brüstung, brüllen
Sie, aber ja, brüllen Sie dem Kommandanten Ihre Meinung,
Ihre unerschütterliche Meinung zu. Aber vielleicht wollen
Sie das nicht, es entspricht nicht Ihrem Charakter, in Ihrer
Heimat verhält man sich vielleicht in solchen Lagen anders,
auch das ist richtig, auch das genügt vollkommen, stehen Sie
gar nicht auf, sagen Sie nur ein paar Worte, flüstern Sie sie,
daß sie gerade noch die Beamten unter Ihnen hören, es genügt, Sie müssen gar nicht selbst von der mangelnden Teilnahme an der Exekution, von dem kreischenden Rad, dem
zerrissenen Riemen, dem widerlichen Filz reden, nein, alles
weitere übernehme ich, und glauben Sie, wenn meine Rede
ihn nicht aus dem Saale jagt, so wird sie ihn auf die Knie
zwingen, daß er bekennen muß: Alter Kommandant, vor
dir beuge ich mich. – Das ist mein Plan; wollen Sie mir zu
seiner Ausführung helfen? Aber natürlich wollen Sie, mehr
als das, Sie müssen.« Und der Offizier faßte den Reisenden
an beiden Armen und sah ihm schweratmend ins Gesicht.
Die letzten Sätze hatte er so geschrien, daß selbst der Soldat
und der Verurteilte aufmerksam geworden waren; trotzdem
sie nichts verstehen konnten, hielten sie doch im Essen inne
und sahen kauend zum Reisenden hinüber.

Die Antwort, die er zu geben hatte, war für den Reisenden von allem Anfang an zweifellos; er hatte in seinem Leben zu viel erfahren, als daß er hier hätte schwanken können; er war im Grunde ehrlich und hatte keine Furcht.
Trotzdem zögerte er jetzt im Anblick des Soldaten und des
Verurteilten einen Atemzug lang. Schließlich aber sagte er,
wie er mußte: »Nein.« Der Offizier blinzelte mehrmals mit
den Augen, ließ aber keinen Blick von ihm. »Wollen Sie
eine Erklärung?« fragte der Reisende. Der Offizier nickte

stumm. »Ich bin ein Gegner dieses Verfahrens«, sagte nun der Reisende, »noch ehe Sie mich ins Vertrauen zogen – dieses Vertrauen werde ich natürlich unter keinen Umständen mißbrauchen – habe ich schon überlegt, ob ich berechtigt wäre, gegen dieses Verfahren einzuschreiten und ob mein Einschreiten auch nur eine kleine Aussicht auf Erfolg haben könnte. An wen ich mich dabei zuerst wenden müßte, war mir klar: an den Kommandanten natürlich. Sie haben es mir noch klarer gemacht, ohne aber etwa meinen Entschluß erst befestigt zu haben, im Gegenteil, Ihre ehrliche Überzeugung geht mir nahe, wenn sie mich auch nicht beirren kann.«

Der Offizier blieb stumm, wendete sich der Maschine zu, faßte eine der Messingstangen und sah dann, ein wenig zurückgebeugt, zum Zeichner hinauf, als prüfe er, ob alles in Ordnung sei. Der Soldat und der Verurteilte schienen sich miteinander befreundet zu haben; der Verurteilte machte, so schwierig dies bei der festen Einschnallung durchzuführen war, dem Soldaten Zeichen; der Soldat beugte sich zu ihm; der Verurteilte flüsterte ihm etwas zu, und der Soldat nickte.

Der Reisende ging dem Offizier nach und sagte: »Sie wissen noch nicht, was ich tun will. Ich werde meine Ansicht über das Verfahren dem Kommandanten zwar sagen, aber nicht in einer Sitzung, sondern unter vier Augen; ich werde auch nicht so lange hier bleiben, daß ich irgendeiner Sitzung beigezogen werden könnte; ich fahre schon morgen früh weg oder schiffe mich wenigstens ein.«

Es sah nicht aus, als ob der Offizier zugehört hätte. »Das Verfahren hat Sie also nicht überzeugt«, sagte er für sich und lächelte, wie ein Alter über den Unsinn eines Kindes lächelt und hinter dem Lächeln sein eigenes wirkliches Nachdenken behält.

»Dann ist es also Zeit«, sagte er schließlich und blickte plötzlich mit hellen Augen, die irgendeine Aufforderung, irgendeinen Aufruf zur Beteiligung enthielten, den Reisenden an.

»Wozu ist es Zeit?« fragte der Reisende unruhig, bekam
aber keine Antwort.

»Du bist frei«, sagte der Offizier zum Verurteilten in dessen Sprache. Dieser glaubte es zuerst nicht. »Nun, frei bist
du«, sagte der Offizier. Zum erstenmal bekam das Gesicht   5
des Verurteilten wirkliches Leben. War es Wahrheit? War es
nur eine Laune des Offiziers, die vorübergehen konnte?
Hatte der fremde Reisende ihm Gnade erwirkt? Was war
es? So schien sein Gesicht zu fragen. Aber nicht lange. Was
immer es sein mochte, er wollte, wenn er durfte, wirklich   10
frei sein und er begann sich zu rütteln, soweit es die Egge
erlaubte.

»Du zerreißt mir die Riemen«, schrie der Offizier, »sei
ruhig! Wir öffnen sie schon.« Und er machte sich mit dem
Soldaten, dem er ein Zeichen gab, an die Arbeit. Der Verur-   15
teilte lachte ohne Worte leise vor sich hin, bald wendete er
das Gesicht links zum Offizier, bald rechts zum Soldaten,
auch den Reisenden vergaß er nicht.

»Zieh ihn heraus«, befahl der Offizier dem Soldaten. Es
mußte hiebei wegen der Egge einige Vorsicht angewendet   20
werden. Der Verurteilte hatte schon infolge seiner Ungeduld einige kleine Rißwunden auf dem Rücken.

Von jetzt ab kümmerte sich aber der Offizier kaum mehr
um ihn. Er ging auf den Reisenden zu, zog wieder die
kleine Ledermappe hervor, blätterte in ihr, fand schließlich   25
das Blatt, das er suchte, und zeigte es dem Reisenden. »Lesen Sie«, sagte er. »Ich kann nicht«, sagte der Reisende, »ich
sagte schon, ich kann diese Blätter nicht lesen.« »Sehen Sie
das Blatt doch genau an«, sagte der Offizier und trat neben
den Reisenden, um mit ihm zu lesen. Als auch das nichts   30
half, fuhr er mit dem kleinen Finger in großer Höhe, als
dürfe das Blatt auf keinen Fall berührt werden, über das Papier hin, um auf diese Weise dem Reisenden das Lesen zu
erleichtern. Der Reisende gab sich auch Mühe, um wenigstens darin dem Offizier gefällig sein zu können, aber es   35
war ihm unmöglich. Nun begann der Offizier die Auf-

schrift zu buchstabieren und dann las er sie noch einmal im Zusammenhang. »›Sei gerecht!‹ – heißt es«, sagte er, »jetzt können Sie es doch lesen.« Der Reisende beugte sich so tief über das Papier, daß der Offizier aus Angst vor einer Berührung es weiter entfernte; nun sagte der Reisende zwar nichts mehr, aber es war klar, daß er es noch immer nicht hatte lesen können. »›Sei gerecht!‹ – heißt es«, sagte der Offizier nochmals. »Mag sein«, sagte der Reisende, »ich glaube es, daß es dort steht.« »Nun gut«, sagte der Offizier, wenigstens teilweise befriedigt, und stieg mit dem Blatt auf die Leiter; er bettete das Blatt mit großer Vorsicht im Zeichner und ordnete das Räderwerk scheinbar gänzlich um; es war eine sehr mühselige Arbeit, es mußte sich auch um ganz kleine Räder handeln, manchmal verschwand der Kopf des Offiziers völlig im Zeichner, so genau mußte er das Räderwerk untersuchen.

Der Reisende verfolgte von unten diese Arbeit ununterbrochen, der Hals wurde ihm steif, und die Augen schmerzten ihn von dem mit Sonnenlicht überschütteten Himmel. Der Soldat und der Verurteilte waren nur miteinander beschäftigt. Das Hemd und die Hose des Verurteilten, die schon in der Grube lagen, wurden vom Soldaten mit der Bajonettspitze herausgezogen. Das Hemd war entsetzlich schmutzig, und der Verurteilte wusch es in dem Wasserkübel. Als er dann Hemd und Hose anzog, mußte der Soldat wie der Verurteilte laut lachen, denn die Kleidungsstücke waren doch hinten entzweigeschnitten. Vielleicht glaubte der Verurteilte verpflichtet zu sein, den Soldaten zu unterhalten, er drehte sich in der zerschnittenen Kleidung im Kreise vor dem Soldaten, der auf dem Boden hockte und lachend auf seine Knie schlug. Immerhin bezwangen sie sich noch mit Rücksicht auf die Anwesenheit der Herren.

Als der Offizier oben endlich fertiggeworden war, überblickte er noch einmal lächelnd das Ganze in allen seinen Teilen, schlug diesmal den Deckel des Zeichners zu, der bisher offen gewesen war, stieg hinunter, sah in die Grube und

dann auf den Verurteilten, merkte befriedigt, daß dieser
seine Kleidung herausgenommen hatte, ging dann zu dem
Wasserkübel, um die Hände zu waschen, erkannte zu spät
den widerlichen Schmutz, war traurig darüber, daß er nun
die Hände nicht waschen konnte, tauchte sie schließlich –   5
dieser Ersatz genügte ihm nicht, aber er mußte sich fügen –
in den Sand, stand dann auf und begann seinen Uniformrock aufzuknöpfen. Hiebei fielen ihm zunächst die zwei
Damentaschentücher, die er hinter den Kragen gezwängt
hatte, in die Hände. »Hier hast du deine Taschentücher«,   10
sagte er und warf sie dem Verurteilten zu. Und zum Reisenden sagte er erklärend: »Geschenke der Damen.«

Trotz der offenbaren Eile, mit der er den Uniformrock
auszog und sich dann vollständig entkleidete, behandelte er
doch jedes Kleidungsstück sehr sorgfältig, über die Silber-   15
schnüre an seinem Waffenrock strich er sogar eigens mit den
Fingern hin und schüttelte eine Troddel zurecht. Wenig
paßte es allerdings zu dieser Sorgfalt, daß er, sobald er mit
der Behandlung eines Stückes fertig war, es dann sofort mit
einem unwilligen Ruck in die Grube warf. Das letzte, was   20
ihm übrig blieb, war sein kurzer Degen mit dem Tragrie-
men. Er zog den Degen aus der Scheide, zerbrach ihn, faßte
dann alles zusammen, die Degenstücke, die Scheide und den
Riemen und warf es so heftig weg, daß es unten in der
Grube aneinander klang.   25

Nun stand er nackt da. Der Reisende biß sich auf die Lippen und sagte nichts. Er wußte zwar, was geschehen würde,
aber er hatte kein Recht, den Offizier an irgend etwas zu
hindern. War das Gerichtsverfahren, an dem der Offizier
hing, wirklich so nahe daran behoben zu werden – mögli-   30
cherweise infolge des Einschreitens des Reisenden – zu dem
sich dieser seinerseits verpflichtet fühlte – dann handelte
jetzt der Offizier vollständig richtig; der Reisende hätte an
seiner Stelle nicht anders gehandelt.

Der Soldat und der Verurteilte verstanden zuerst nichts,   35
sie sahen anfangs nicht einmal zu. Der Verurteilte war sehr

erfreut darüber, die Taschentücher zurückerhalten zu haben, aber er durfte sich nicht lange an ihnen freuen, denn der Soldat nahm sie ihm mit einem raschen, nicht vorherzusehenden Griff. Nun versuchte wieder der Verurteilte dem Soldaten die Tücher hinter dem Gürtel, hinter dem er sie verwahrt hatte, hervorzuziehen, aber der Soldat war wachsam. So stritten sie in halbem Scherz. Erst als der Offizier vollständig nackt war, wurden sie aufmerksam. Besonders der Verurteilte schien von der Ahnung irgendeines großen Umschwungs getroffen zu sein. Was ihm geschehen war, geschah nun dem Offizier. Vielleicht würde es so bis zum Äußersten gehen. Wahrscheinlich hatte der fremde Reisende den Befehl dazu gegeben. Das war also Rache. Ohne selbst bis zum Ende gelitten zu haben, wurde er doch bis zum Ende gerächt. Ein breites, lautloses Lachen erschien nun auf seinem Gesicht und verschwand nicht mehr.

Der Offizier aber hatte sich der Maschine zugewendet. Wenn es schon früher deutlich gewesen war, daß er die Maschine gut verstand, so konnte es jetzt einen fast bestürzt machen, wie er mit ihr umging und wie sie gehorchte. Er hatte die Hand der Egge nur genähert, und sie hob und senkte sich mehrmals, bis sie die richtige Lage erreicht hatte um ihn zu empfangen; er faßte das Bett nur am Rande, und es fing schon zu zittern an; der Filzstumpf kam seinem Mund entgegen, man sah, wie der Offizier ihn eigentlich nicht haben wollte, aber das Zögern dauerte nur einen Augenblick, gleich fügte er sich und nahm ihn auf. Alles war bereit, nur die Riemen hingen noch an den Seiten hinunter, aber sie waren offenbar unnötig, der Offizier mußte nicht angeschnallt sein. Da bemerkte der Verurteilte die losen Riemen, seiner Meinung nach war die Exekution nicht vollkommen, wenn die Riemen nicht festgeschnallt waren, er winkte eifrig dem Soldaten, und sie liefen hin, den Offizier anzuschnallen. Dieser hatte schon den einen Fuß ausgestreckt, um in die Kurbel zu stoßen, die den Zeichner in Gang bringen sollte; da sah er, daß die zwei gekommen wa-

ren; er zog daher den Fuß zurück und ließ sich anschnallen.
Nun konnte er allerdings die Kurbel nicht mehr erreichen;
weder der Soldat noch der Verurteilte würden sie auffinden,
und der Reisende war entschlossen, sich nicht zu rühren. Es
war nicht nötig; kaum waren die Riemen angebracht, fing   5
auch schon die Maschine zu arbeiten an; das Bett zitterte,
die Nadeln tanzten auf der Haut, die Egge schwebte auf
und ab. Der Reisende hatte schon eine Weile hingestarrt,
ehe er sich erinnerte, daß ein Rad im Zeichner hätte krei-
schen sollen; aber alles war still, nicht das geringste Surren 10
war zu hören.
   Durch diese stille Arbeit entschwand die Maschine förmlich der Aufmerksamkeit. Der Reisende sah zu dem Soldaten und dem Verurteilten hinüber. Der Verurteilte war der
lebhaftere, alles an der Maschine interessierte ihn, bald   15
beugte er sich nieder, bald streckte er sich, immerfort hatte
er den Zeigefinger ausgestreckt, um dem Soldaten etwas zu
zeigen. Dem Reisenden war es peinlich. Er war entschlossen, hier bis zum Ende zu bleiben, aber den Anblick der
zwei hätte er nicht lange ertragen. »Geht nach Hause«,   20
sagte er. Der Soldat wäre dazu vielleicht bereit gewesen,
aber der Verurteilte empfand den Befehl geradezu als Strafe.
Er bat flehentlich mit gefalteten Händen ihn hier zu lassen, und als der Reisende kopfschüttelnd nicht nachgeben
wollte, kniete er sogar nieder. Der Reisende sah, daß Be-   25
fehle hier nichts halfen, er wollte hinüber und die zwei ver-
treiben. Da hörte er oben im Zeichner ein Geräusch. Er sah
hinauf. Störte also das eine Zahnrad doch? Aber es war etwas anderes. Langsam hob sich der Deckel des Zeichners
und klappte dann vollständig auf. Die Zacken eines Zahnra- 30
des zeigten und hoben sich, bald erschien das ganze Rad, es
war, als presse irgendeine große Macht den Zeichner zusammen, so daß für dieses Rad kein Platz mehr übrig blieb, das
Rad drehte sich bis zum Rand des Zeichners, fiel hinunter,
kollerte aufrecht ein Stück im Sand und blieb dann liegen.   35
Aber schon stieg oben ein anderes auf, ihm folgten viele,

große, kleine und kaum zu unterscheidende, mit allen geschah dasselbe, immer glaubte man, nun müsse der Zeichner
jedenfalls schon entleert sein, da erschien eine neue, besonders zahlreiche Gruppe, stieg auf, fiel hinunter, kollerte
im Sand und legte sich. Über diesem Vorgang vergaß der
Verurteilte ganz den Befehl des Reisenden, die Zahnräder
entzückten ihn völlig, er wollte immer eines fassen, trieb
gleichzeitig den Soldaten an, ihm zu helfen, zog aber erschreckt die Hand zurück, denn es folgte gleich ein anderes
Rad, das ihn, wenigstens im ersten Anrollen, erschreckte.
   Der Reisende dagegen war sehr beunruhigt; die Maschine
ging offenbar in Trümmer; ihr ruhiger Gang war eine Täu-
schung; er hatte das Gefühl, als müsse er sich jetzt des Offiziers annehmen, da dieser nicht mehr für sich selbst sorgen
konnte. Aber während der Fall der Zahnräder seine ganze
Aufmerksamkeit beanspruchte, hatte er versäumt, die übrige Maschine zu beaufsichtigen; als er jedoch jetzt, nachdem das letzte Zahnrad den Zeichner verlassen hatte, sich
über die Egge beugte, hatte er eine neue, noch ärgere Überraschung. Die Egge schrieb nicht, sie stach nur, und das Bett
wälzte den Körper nicht, sondern hob ihn nur zitternd in
die Nadeln hinein. Der Reisende wollte eingreifen, mögli-
cherweise das Ganze zum Stehen bringen, das war ja keine
Folter, wie sie der Offizier erreichen wollte, das war unmit-
telbarer Mord. Er streckte die Hände aus. Da hob sich aber
schon die Egge mit dem aufgespießten Körper zur Seite,
wie sie es sonst erst in der zwölften Stunde tat. Das Blut
floß in hundert Strömen, nicht mit Wasser vermischt, auch
die Wasserröhrchen hatten diesmal versagt. Und nun ver-
sagte noch das letzte, der Körper löste sich von den langen
Nadeln nicht, strömte sein Blut aus, hing aber über der
Grube ohne zu fallen. Die Egge wollte schon in ihre alte
Lage zurückkehren, aber als merke sie selbst, daß sie von
ihrer Last noch nicht befreit sei, blieb sie doch über der
Grube. »Helft doch!« schrie der Reisende zum Soldaten
und zum Verurteilten hinüber und faßte selbst die Füße des

Offiziers. Er wollte sich hier gegen die Füße drücken, die
zwei sollten auf der anderen Seite den Kopf des Offiziers
fassen, und so sollte er langsam von den Nadeln gehoben
werden. Aber nun konnten sich die zwei nicht entschließen
zu kommen; der Verurteilte drehte sich geradezu um; der   5
Reisende mußte zu ihnen hinübergehen und sie mit Gewalt
zu dem Kopf des Offiziers drängen. Hiebei sah er fast gegen Willen das Gesicht der Leiche. Es war, wie es im Leben
gewesen war; kein Zeichen der versprochenen Erlösung war
zu entdecken; was alle anderen in der Maschine gefunden   10
hatten, der Offizier fand es nicht; die Lippen waren fest zu-
sammengedrückt, die Augen waren offen, hatten den Ausdruck des Lebens, der Blick war ruhig und überzeugt,
durch die Stirn ging die Spitze des großen eisernen Stachels.

*   *   *

Als der Reisende, mit dem Soldaten und dem Verurteilten   15
hinter sich, zu den ersten Häusern der Kolonie kam, zeigte
der Soldat auf eines und sagte: »Hier ist das Teehaus.«
Im Erdgeschoß eines Hauses war ein tiefer, niedriger,
höhlenartiger, an den Wänden und an der Decke verräu-
cherter Raum. Gegen die Straße zu war er in seiner ganzen   20
Breite offen. Trotzdem sich das Teehaus von den übrigen
Häusern der Kolonie, die bis auf die Palastbauten der Kommandatur alle sehr verkommen waren, wenig unterschied,
übte es auf den Reisenden doch den Eindruck einer histori-
schen Erinnerung aus und er fühlte die Macht der früheren   25
Zeiten. Er trat näher heran, ging, gefolgt von seinen Beglei-
tern, zwischen den unbesetzten Tischen hindurch, die vor
dem Teehaus auf der Straße standen, und atmete die kühle,
dumpfige Luft ein, die aus dem Innern kam. »Der Alte ist
hier begraben«, sagte der Soldat, »ein Platz auf dem Fried-   30
hof ist ihm vom Geistlichen verweigert worden. Man war
eine Zeitlang unentschlossen, wo man ihn begraben sollte,
schließlich hat man ihn hier begraben. Davon hat Ihnen der

Offizier gewiß nichts erzählt, denn dessen hat er sich natürlich am meisten geschämt. Er hat sogar einigemal in der Nacht versucht, den Alten auszugraben, er ist aber immer verjagt worden.« »Wo ist das Grab?« fragte der Reisende,
5 der dem Soldaten nicht glauben konnte. Gleich liefen beide, der Soldat wie der Verurteilte, vor ihm her und zeigten mit ausgestreckten Händen dorthin, wo sich das Grab befinden sollte. Sie führten den Reisenden bis zur Rückwand, wo an einigen Tischen Gäste saßen. Es waren wahrscheinlich Ha-
10 fenarbeiter, starke Männer mit kurzen, glänzend schwarzen Vollbärten. Alle waren ohne Rock, ihre Hemden waren zerrissen, es war armes, gedemütigtes Volk. Als sich der Reisende näherte, erhoben sich einige, drückten sich an die Wand und sahen ihm entgegen. »Es ist ein Fremder«, flü-
15 sterte es um den Reisenden herum, »er will das Grab ansehen.« Sie schoben einen der Tische beiseite, unter dem sich wirklich ein Grabstein befand. Es war ein einfacher Stein, niedrig genug, um unter einem Tisch verborgen werden zu können. Er trug eine Aufschrift mit sehr kleinen Buchsta-
20 ben, der Reisende mußte, um sie zu lesen, niederknien. Sie lautete: »Hier ruht der alte Kommandant. Seine Anhänger, die jetzt keinen Namen tragen dürfen, haben ihm das Grab gegraben und den Stein gesetzt. Es besteht eine Prophezeiung, daß der Kommandant nach einer bestimmten Anzahl
25 von Jahren auferstehen und aus diesem Hause seine Anhänger zur Wiedereroberung der Kolonie führen wird. Glaubet und wartet!« Als der Reisende das gelesen hatte und sich erhob, sah er rings um sich die Männer stehen und lächeln, als hätten sie mit ihm die Aufschrift gelesen, sie lächerlich ge-
30 funden und forderten ihn auf, sich ihrer Meinung anzuschließen. Der Reisende tat, als merke er das nicht, verteilte einige Münzen unter sie, wartete noch, bis der Tisch über das Grab geschoben war, verließ das Teehaus und ging zum Hafen.
35 Der Soldat und der Verurteilte hatten im Teehaus Bekannte gefunden, die sie zurückhielten. Sie mußten sich

aber bald von ihnen losgerissen haben, denn der Reisende
befand sich erst in der Mitte der langen Treppe, die zu den
Booten führte, als sie ihm schon nachliefen. Sie wollten
wahrscheinlich den Reisenden im letzten Augenblick zwingen, sie mitzunehmen. Während der Reisende unten mit ei-   5
nem Schiffer wegen der Überfahrt zum Dampfer unterhan-
delte, rasten die zwei die Treppe hinab, schweigend, denn
zu schreien wagten sie nicht. Aber als sie unten ankamen,
war der Reisende schon im Boot, und der Schiffer löste es
gerade vom Ufer. Sie hätten noch ins Boot springen können,   10
aber der Reisende hob ein schweres geknotetes Tau vom
Boden, drohte ihnen damit und hielt sie dadurch von dem
Sprunge ab.

Zu dieser Ausgabe

Im vorliegenden Band sind Erzählungen und kleinere Prosaskizzen Franz Kafkas versammelt, die im Zeitraum von etwa 1906 bis 1914 entstanden sind. Alle diese Texte sind zu Lebzeiten des Autors veröffentlicht worden. Dies mag für einige überraschend sein, der verbreiteten Ansicht zufolge, daß Kafkas Werke erst nach seinem Tod von seinem Freund Max Brod publiziert worden seien. Kafka gilt vielen als Inbegriff eines unglücklichen Menschen. Mit ihm assoziieren sie im Grunde nur Negatives: Pessimismus, Einsamkeit, Krankheit und frühen Tod. Wenn man sie tatsächlich aufforderte, im konkreten Sinn ein Bild dieses Menschen zu malen, so würden sie ihn zeichnen, wie er in einem kargen, düsteren Zimmer, das von einer Kerze erleuchtet ist, über ein Blatt gebeugt am Schreibtisch sitzt und für sich selbst schreibt. Eine aufmerksame Lektüre seiner Briefe und Tagebuchaufzeichnungen sowie der Erinnerungen von Zeitgenossen an ihn würde für die Anhänger eines solchen Kafka-Bildes eine Reihe von Überraschungen ergeben. Wie sollte es mit der Vorstellung von dem großen Einsamen, der in selbstgewählter Abgeschiedenheit seine phantastisch-finsteren Geschichten zu Papier bringt, zu vereinbaren sein, daß dieser es offenbar auch verstand, sein Leben zu genießen und durchaus die Gesellschaft anderer suchte: daß er zum Beispiel als junger Mann in den Ferien mit dem Motorrad über die Landstraßen Böhmens knatterte, Tennis spielte, sich für technische Neuerungen wie Flugzeuge und Automobile interessierte, oft und mit Begeisterung ins Kino ging und sich auch mit Freunden Hals über Kopf ins Prager Nachtleben stürzte, sich zum Beispiel den Auftritt der vier Rocking Girls im Kabarett Lucerna ebensowenig entgehen ließ wie den der Nackttänzerin Odys. Verabschieden müßte man aber auch die Vorstellung, daß der Prager Autor 1924 unbekannt und verkannt ins Grab sank. Weit verbreitet ist die Ansicht, daß Kafka erst Jahrzehnte nach seinem Tod Leser gefunden habe, und dies quasi gegen seinen Willen, da er testamentarisch die Vernichtung seiner Manuskripte verfügt hatte. Wahr ist, daß die Romane aus dem Nachlaß publiziert wurden.

Wahr ist aber auch, daß die Erzählungen – Texte wie *Das Urteil*, *Die Verwandlung*, *In der Strafkolonie* –, auf denen sein Weltruhm nicht weniger gründet, von ihm selbst zur Publikation gegeben wurden. An die fünfzig Titel umfaßt eine Bibliographie seiner Veröffentlichungen zu Lebzeiten, und wenn er sich auch beim großen Lesepublikum keinen Namen gemacht hatte, so war er doch durchaus kein unbekannter Autor. Brods Aussage in seinem Nachwort zur ersten Ausgabe des Romans *Der Proceß* (1925), daß er »fast alles, was Kafka veröffentlicht hat«, diesem mit »List und Überredungskunst« abgefordert habe, kann nicht unwidersprochen bleiben. Allerdings muß man einräumen, daß einige der frühesten Publikationen ohne die Intervention Brods nicht zustande gekommen wären. Brod hatte Kafka 1904 in Prag kennengelernt, lange Zeit aber nichts davon gewußt, daß dieser literarisch tätig war. Als er die ersten Proben aus dessen Werk zu sehen bekam, war er sofort vom Talent des um ein Jahr Älteren überzeugt und drängte ihn immer wieder zur Veröffentlichung. Er besaß als Schriftsteller die nötigen Verlagsverbindungen und lancierte gewissermaßen Kafka. Brod war wenig skrupulös, was die Qualität von Texten anbelangte, die der Öffentlichkeit im Druck vorgestellt wurden. Kafka dagegen hielt seine frühen Stücke einfach noch nicht für publikationswürdig, er glaubte, noch nicht sein Bestes gegeben zu haben. Der erste Text, der vor seinen Augen wirklich Bestand hatte, war die im September 1912 entstandene Erzählung *Das Urteil*. Diese Erzählung bestimmte er selbst sofort nach ihrer Fertigstellung zur Publikation, und auch in der Folgezeit nahm er dann persönlich Kontakt zu Verlagen, Zeitungen und Zeitschriften auf, um Texte anzubieten, die es seiner Meinung nach verdient hatten, von anderen gelesen zu werden. Wenn er etwas für mißlungen oder unfertig hielt, wie etwa im Fall der Romane *Der Proceß* und *Das Schloß*, blieb er – auch Brod gegenüber – hart.

In der vorliegenden Ausgabe wird die erste Phase der schriftstellerischen Produktion Kafkas, in der er nur ungern und zögernd etwas zum Druck gab, durch die Titel *Gespräch mit dem Beter*, *Gespräch mit dem Betrunkenen*, *Großer Lärm* und *Betrachtung* dokumentiert. Von dem frühesten erhaltenen literarischen Text *Hochzeitsvorbereitungen auf dem Lande* hat Kafka nie etwas veröffentlicht, während aus dem chronologisch zweiten, *Beschreibung eines Kampfes*, sowohl die beiden »Gespräche« als auch einige der in dem Band *Betrachtung* publizierten Skizzen herausgenommen wurden. Die zweite Phase beginnt mit dem hier abgedruckten Text *Das Urteil*. Die Niederschrift dieser Erzählung ermutigte Kafka Ende 1912 dazu, den Versuch zu unternehmen, einen *Amerika*-Roman zu schreiben. Die Arbeit an diesem Roman wurde durch die Niederschrift der *Verwandlung* unterbrochen (1912/13); dieser Text liegt in einem gesonderten Band in Reclams Universal-Bibliothek (Nr. 9900) vor. Die Erzählung *In der Strafkolonie*, die hier den Abschluß bildet, entstand 1914, als die Arbeit an dem Roman *Der Proceß* stagnierte.

Zu den einzelnen Texten

Gespräch mit dem Beter
Gespräch mit dem Betrunkenen

Entstehung: Beide Texte wurden von Kafka aus dem von ihm als »Novelle« bezeichneten Text *Beschreibung eines Kampfes* herausgenommen, der in zwei Fassungen vorliegt. Die Fassung A, die die Vorlage für den Druck der beiden »Gespräche« lieferte, entstand vermutlich in zwei zeitlich relativ weit auseinander liegenden Arbeitsphasen, nämlich im Sommer und Herbst 1904 und im Jahr 1907 (vgl. KKAN 1 App.-Bd. 47); sie hat weitgehend Reinschriftcharakter, geht also auf ältere, nicht erhaltene Manuskripte zurück. Das *Gespräch mit dem Beter* wurde wohl während der ersten Phase konzipiert, das *Gespräch mit dem Betrunkenen* während der zweiten. Der erste Teil der Fassung B der *Beschreibung eines Kampfes* erweist sich als Bearbeitung des bereits in der früheren Fassung vorliegenden Textes, dann entwickelt sich jedoch die Novelle ganz anders, so daß von einer »Neukonzeption« gesprochen werden kann (vgl. KKAN 1 App.-Bd. 52). Vermutlich erfolgte der Ansatz zur Ausarbeitung der – fragmentarisch gebliebenen – neuen Fassung aber erst, nachdem die aus der Fassung A herausgelösten

Partien im März/April 1909 im Druck erschienen waren, wobei
nicht auszuschließen ist, daß diese Veröffentlichung sogar den
Anlaß zu einer radikalen Umgestaltung des bereits Geschriebenen gegeben hat. Max Brod gegenüber äußerte Kafka nämlich
seine Unzufriedenheit mit den publizierten Texten. In einem
Brief an den Freund aus dem Jahr 1912, in dem es um die Vorbereitung des Bandes *Betrachtung* geht, heißt es: »[...] willst Du
mir wirklich raten [...] etwas Schlechtes drucken zu lassen, das
mich dann anwidern würde, wie die zwei Gespräche im Hyperion.« (BKB 110)

Der Abdruck der beiden Gespräche kam durch die Vermitt-
lung Brods zustande. Kafka, der mit Franz Blei, dem Herausge-
ber des *Hyperion*, flüchtig bekannt war, hatte diesem schon im
Sommer 1907 acht kurze Prosatexte überlassen, die dann in der
Ausgabe der Zeitschrift vom Januar/Februar 1908 unter dem
Titel *Betrachtung* erschienen. Brod, der glaubte, Kafka den Weg
in die literarische Öffentlichkeit ebnen zu müssen, schickte Blei
dann zwei weitere Manuskripte seines Freundes zu, eben die
beiden »Gespräche«. Dieser Sachverhalt erklärt auch den vor-
wurfsvollen Ton, den Kafka in dem zitierten Brief von 1912 gegenüber Brod anschlägt.

Überlieferung: handschriftlich innerhalb des Manuskripts der
Fassung A der *Beschreibung eines Kampfes* (»Schwarzes Wachs-
tuchheft«), die erste Textpassage unter der Überschrift »b Be-
gonnenes Gespräch mit dem Beter«, die zweite nach einem
Leerraum innerhalb des Abschnitts »c Geschichte des Beters«;
zur Textgestalt der handschriftlichen Fassung siehe KKAN
1,84–95 und KKAN 1,101–107. – Druck: In: Hyperion. Eine
Zweimonatsschrift. Hrsg. von Franz Blei. Folge 2. Bd. 1. H. 8
(März/April). München: Hans von Weber, 1909. S. 126–131;
131–133. [Textgrundlage.]

Großer Lärm

Entstehung: In seinem »dritten Tagebuchheft« brachte Kafka,
der damals – wie auch seine Schwestern – bei seinen Eltern
lebte, im Anschluß an eine Aufzeichnung vom 5. November

1911 eine Eintragung über seine Wohnverhältnisse, über die Bedingungen, unter denen er zu schreiben versuchte, zu Papier. Der Text war wohl nicht von Anfang an als literarische Skizze angelegt, sondern zunächst eher eine autobiographische Notiz, die Kafka jedoch der Prager Zeitschrift *Herder-Blätter* übergab. In der Oktobernummer der Zeitschrift waren Brod und Kafka mit Beiträgen vertreten: von Brod wurden drei Gedichte veröffentlicht, von Kafka die kleine Prosaskizze *Großer Lärm* – im Anhang in der Abteilung »Anmerkungen« und in einem sehr kleinen Schriftgrad. Die Tagebucheintragung wurde von Kafka für die Publikation kaum überarbeitet. Lediglich der Einleitungssatz »Ich will schreiben mit einem ständigen Zittern auf der Stirn« wurde gestrichen. Der Text hat im Tagebuch keinen Titel.

Überlieferung: handschriftlich im »dritten Tagebuchheft«; zur Textgestalt der handschriftlichen Fassung siehe KKAT 225 f. – Druck: In: Herder-Blätter. Hrsg. von Willy Haas, Norbert Eisler, Otto Pick. Jg. 1. Nr. 4/5 (Oktober). Prag: Verlag der Herder-Vereinigung, 1912. S. 44. [Textgrundlage.]

Betrachtung

Im Juni 1912 stellte Brod auf einer Ferienreise in Leipzig Kafka dem Verleger Ernst Rowohlt und dessen Sozius Kurt Wolff vor. Brod beabsichtigte, für den neu gegründeten Rowohlt-Verlag ein Jahrbuch herauszugeben, das die Öffentlichkeit mit den Texten einer ›neuen Dichtergruppe‹ bekannt machen sollte. Brod setzte sich – wohl völlig unerwartet für Kafka – bei den beiden Verlegern für seinen Freund ein. Das Ergebnis des Gesprächs hielt Kafka in seinem Reisetagebuch fest; aus der Formulierung scheint noch seine Überraschung zu sprechen: »R. will ziemlich ernsthaft ein Buch von mir« (KKAT 1023). Kafka quälte sich in den folgenden Wochen mit der »Herausgabe des kleinen Buches« (11. August 1912; KKAT 428) ab. Er besaß keinen längeren Text, der ihm für eine Veröffentlichung geeignet erschien. Um seine Zusage irgendwie einhalten zu können, stellte er daher eine Sammlung kleinerer Prosastücke zusammen. Dabei griff er zum einen auf Texte zurück, die bereits 1908 in der Zeitschrift *Hyperion* (siehe Druck A) und 1910 in der Tageszeitung *Bohemia* (siehe Druck B) erschienen waren. Außerdem sah er seine Manuskripte – einschließlich seiner Tagebuchhefte – nach unveröffentlichten, fertigen oder halbfertigen Texten durch, die hinzukommen könnten. Die Tatsache, daß er Rowohlt nur ältere Stücke anbieten konnte, war ihm besonders unangenehm, er glaubte, daß diese nicht sein wahres oder gewissermaßen aktuelles schriftstellerisches Vermögen erkennen ließen. »Eines ist z. B. darunter, das ist gewiß 8–10 Jahre alt«, schrieb er später an Felice Bauer (F 175). Trotz seiner Bedenken unterschrieb Kafka am 25. September den Vertrag und kündigte in dem Begleitbrief noch eine neue Fassung des Textes *Der plötzliche Spaziergang* an. – Von einer Reihe der in *Betrachtung* enthaltenen Texte sind keine Handschriften überliefert. Da sie auch nicht in Briefen oder Tagebuchaufzeichnungen erwähnt werden, gibt es keine Anhaltspunkte für ihre Datierung, in einigen Fällen liefert der Druck in *Hyperion* (1908) den Terminus ante quem für ihre Entstehung.

Kinder auf der Landstraße

Entstehung: Der Text ist im wesentlichen identisch mit dem von Kafka als »III« bezeichneten Abschnitt der 1909 niedergeschriebenen Fassung B der *Beschreibung eines Kampfes*. Dem ersten Absatz des gedruckten Textes geht in der Handschrift folgende Einleitung voraus: »Ich schlief und fuhr mit meinem ganzen Wesen in den ersten Traum hinein. Ich warf mich in ihm so in Angst und Schmerz herum, daß er es nicht ertrug, mich aber auch nicht wecken durfte, denn ich schlief doch nur, weil die Welt um mich zuende war. Und so lief ich durch den in seiner Tiefe gerissenen Traum und kehrte wie gerettet – dem Schlaf und dem Traum entflohn – in die Dörfer meiner Heimat zurück.« (KKAN 1,145)

Überlieferung: handschriftlich innerhalb des Manuskripts der Fassung B der *Beschreibung eines Kampfes* (Konvolut von losen Blättern); zur Textgestalt der handschriftlichen Fassung siehe KKAN 1,145–150. – Druck: C.

Entlarvung eines Bauernfängers

Entstehung: nach einer Tagebucheintragung am 8. August 1912
– also im Hinblick auf die Publikation in dem Sammelband *Betrachtung* – beendet: »›Bauernfänger‹ zur beiläufigen Zufriedenheit fertig gemacht.« (KKAT 427)
Überlieferung: Handschrift nicht erhalten. – Druck: C.

Der plötzliche Spaziergang

Entstehung: im Tagebuch nach einer Eintragung vom 5. Januar
1912 niedergeschrieben. Der Text trägt hier keinen Titel; darüber steht zwar, durch einen Querstrich von dem Text abge-
setzt, »Die Einförmigkeit. Geschichte«, vermutlich ist damit
aber ein anderes – wohl nicht ausgeführtes – Prosastück gemeint. Eine letzte Bearbeitung des Textes erfolgte im September
1912 (siehe S. 94).
Überlieferung: handschriftlich im »fünften Tagebuchheft«; zur
Textgestalt der handschriftlichen Fassung siehe KKAT 347 f. –
Druck: C.

Entschlüsse

Entstehung: Der Text folgt im Tagebuch Kafkas auf eine Eintragung vom 5. Februar 1912; er trägt dort keinen Titel. Die Initia-
len, mit denen in der gedruckten Fassung die Personen bezeich-
net werden, ersetzen zwei Namen und eine Verwandtschaftsbe-
zeichnung in der handschriftlichen Fassung:

A.] Löwy *Gemeint ist Jizchak Löwy, ein Schauspieler, mit dem Kafka
    sich 1912 anfreundete*
B.] meine Schwester
C.] Max *Gemeint ist Max Brod*

Überlieferung: handschriftlich im »fünften Tagebuchheft«; zur
Textgestalt der handschriftlichen Fassung siehe KKAT 371 f. –
Druck: C.

Der Ausflug ins Gebirge

Entstehung: Der Text stammt aus der 1909 niedergeschriebenen Fassung B der *Beschreibung eines Kampfes.* Er ist dort in dem zweiten mit »I« bezeichneten Abschnitt enthalten, dessen Mittelstück er bildet. Für den Druck wurde eine Rahmenhandlung gestrichen, in der beschrieben wird, wie der Ich-Erzähler seinem »Bekannten auf die Schultern« springt und ihn dazu zwingt, ihn im Trab durch die Gegend zu tragen. Der als *Ausflug ins Gebirge* veröffentlichte Text wird in direkter Rede von dem Ich-Erzähler vorgetragen, während er auf dem Rücken des Bekannten sitzt. Der Abschnitt endet damit, daß der ›Träger‹ zu Fall kommt und sich am Knie schwer verwundet. Der letzte Satz lautet: »Da er mir nicht mehr nützlich sein konnte, ließ ich ihn nicht ungern auf den Steinen und pfiff nur einige Geier aus der Höhe herab, die sich gehorsam mit ernstem Schnabel auf ihn setzten, um ihn zu bewachen.« (KKAN 1,142)

Überlieferung: handschriftlich innerhalb des Manuskripts der Fassung B der *Beschreibung eines Kampfes;* zur Textgestalt der handschriftlichen Fassung siehe KKAN 1,140–142. – Druck: C.

Das Unglück des Junggesellen

Entstehung: Der Text findet sich in Kafkas Tagebuch. Die letzte datierte Eintragung, die vorausgeht, ist vom 14. November 1911, es folgt eine vom 15. November. Der Text hat keinen Titel. Vor dem ersten Satz, aber in einer Zeile mit diesem und offenbar nicht als Überschrift gedacht, steht: »Vor dem Einschlafen«. Der handschriftliche Text variiert relativ stark gegenüber dem gedruckten. Die wesentlichen Abweichungen (die Fassung des Drucks steht vor, die der Handschrift nach der Lemmaklammer):

28,16 hinaufzudrängen] hinaufdrängen zu können, kranksein und nur den Trost der Aussicht aus seinem Fenster haben wenn man sich aufsetzen kann

28,17–19 führen ⟨...⟩ fremde Kinder] führen, die Fremdheit seiner Verwandten zu spüren bekommen, mit denen man nur durch das Mittel der Ehe befreundet bleiben kann, zuerst durch die Ehe seiner Eltern, dann wenn deren Wirkung vergeht durch die eigene, fremde Kinder

28,20 keine«, sich] keine, da keine Familie mit einem wächst ein unverän-
derliches Altersgefühl haben, sich

28,22 f. auszubilden. ⟨...⟩ Wirklichkeit] ausbilden. Das alles ist wahr, nur
begeht man leicht dabei den Fehler die künftigen Leiden so sehr vor
sich auszubreiten, daß der Blick weit über sie hinweggehn muß und
nicht mehr zurückkommt, während man doch in Wirklichkeit

Überlieferung: handschriftlich im »dritten Tagebuchheft«; zur
Textgestalt der handschriftlichen Fassung siehe KKAT 249 f. –
Druck: C.

Der Kaufmann

Entstehung: vor 1908.
Überlieferung: kein Manuskript erhalten. – Druck: A, C.

Zerstreutes Hinausschaun

Entstehung: vor 1908.
Überlieferung: kein Manuskript erhalten. – Druck: A, B, C.

Der Nachhauseweg

Entstehung: vor 1908.
Überlieferung: kein Manuskript erhalten. – Druck: A, C.

Die Vorüberlaufenden

Entstehung: vor 1908.
Überlieferung: kein Manuskript erhalten. – Druck: A, B, C.

Der Fahrgast

Entstehung: vor 1908.
Überlieferung: kein Manuskript erhalten. – Druck: A, B, C.

Kleider

Entstehung: Der Text wurde aus der 1907 niedergeschriebenen
Fassung A der *Beschreibung eines Kampfes* herausgenommen.
Er findet sich dort in Abschnitt »III«.

Überlieferung: handschriftlich im Manuskript der Fassung A
der *Beschreibung eines Kampfes*; zur Textgestalt der handschriftlichen Fassung siehe KKAN 1,114 f. – Druck: A, B, C.

Die Abweisung

Entstehung: Ein Anhaltspunkt für die Datierung ergibt sich aus einem Brief Kafkas an seine Bekannte Hedwig Weiler. Er schickte ihr den Text und merkte an, daß es sich um eine »schlechte, vielleicht ein Jahr alte Kleinigkeit« (Br 50) handle. Der Brief ist von Kafka nicht datiert; Max Brod nimmt an, daß er vom November 1907 stammt. Wenn dies zutrifft, müßte die kleine Prosaskizze also gegen Ende des Jahres 1906 entstanden sein.
Überlieferung: kein Manuskript erhalten. – Druck: A, C.

Zum Nachdenken für Herrenreiter

Entstehung: Der Text erschien erstmals 1910. Es gibt keine Anhaltspunkte für eine nähere Datierung.
Überlieferung: kein Manuskript erhalten. – Druck: B, C.

Das Gassenfenster

Entstehung: Es gibt keine Anhaltspunkte für eine Datierung.
Überlieferung: kein Manuskript erhalten. – Druck: C.

Wunsch, Indianer zu werden

Entstehung: Es gibt keine Anhaltspunkte für eine Datierung.
Überlieferung: kein Manuskript erhalten. – Druck: C.

Die Bäume

Entstehung: Der Text wurde aus der 1907 niedergeschriebenen Fassung A der *Beschreibung eines Kampfes* herausgenommen. Die entsprechenden Sätze finden sich in dem »d Fortgesetztes Gespräch zwischen Dicken und dem Beter« bezeichneten Abschnitt, sie werden von dem »Dicken« gesprochen. Für den Druck wurde die Passage leicht überarbeitet.
Überlieferung: handschriftlich innerhalb des Manuskripts der Fassung A der *Beschreibung eines Kampfes*; zur Textgestalt der handschriftlichen Fassung siehe KKAN 1,110. – Druck: A, C.

Unglücklichsein

Entstehung: Der Text ist – unvollständig – auf den ersten Seiten von Kafkas »zweitem Tagebuchheft« enthalten. Er ist offenbar in mehreren Arbeitsphasen entstanden. Äußere wie auch inhaltliche Kriterien (siehe KKAT App.-Bd. 89) legen die Vermutung nahe, daß er Ende des Jahres 1909 in dem Heft, das damals noch kein Tagebuchheft war, sondern der Aufnahme von literarischen Skizzen dienen sollte, begonnen und zunächst bis zu der Stelle »augenblicklich« (39,20) geschrieben wurde. Eine spätere Fortführung endete bei der Stelle »Nichts weiß ich.« (39,33) In einer dritten Phase wurde der Text dann bis zu seinem Ende geführt. Da in dem Heft in der Zwischenzeit bereits andere Texte niedergeschrieben waren und der freie Raum zwischen der Stelle, an dem er abgebrochen worden war, und diesen Texten nicht ausreichte, wurden die letzten Passagen wohl auf einem separaten Blatt niedergeschrieben, welches sich nicht erhalten hat. Vermutlich ist die Erzählung erst im Februar oder März 1911 abgeschlossen worden, denn Brod notiert in seinem Tagebuch, daß Kafka ihm am 3. März 1911 *Unglücklichsein* vorgelesen habe. In der Regel pflegte dieser aber nur Texte vorzulesen, die er kurz zuvor beendet hatte.

Überlieferung: handschriftlich im »zweiten Tagebuchheft« bis 40,17 »ich glaube an Gespenster?«; der Schluß ist handschriftlich nicht erhalten. – Druck: C.

Drucke:

A Betrachtung. [8 durchlaufend numerierte Texte ohne Titel:] I [= Der Kaufmann]. II [= Zerstreutes Hinausschaun]. III [= Der Nachhauseweg]. IV [= Die Vorüberlaufenden]. V [= Kleider]. VI [= Der Fahrgast]. VII [= Die Abweisung]. VIII [= Die Bäume]. In: Hyperion. Eine Zweimonatsschrift. Hrsg. von Franz Blei und Carl Sternheim. [Folge 1.] Bd. 1. H. 1 (Januar/Februar). München: Hans von Weber, 1908. S. 91–94.

B Betrachtungen. Am Fenster [= Zerstreutes Hinausschaun]. In der Nacht [= Die Vorüberlaufenden]. Kleider. Der Fahr-

gast. Zum Nachdenken für Herrenreiter. In: Bohemia.
Jg. 83. Nr. 86 (Morgen-Ausgabe). Prag, Sonntag, 27. März
1910. S. 39.

C   Franz Kafka: Betrachtung. Leipzig: Ernst Rowohlt, 1913
[ersch. Dezember 1912]. [Widmung:] Für M. B.
[Enthält die 18 Prosastücke, die in Textgestalt und Anordnung dem Abdruck in der vorliegenden Ausgabe zugrunde
liegen.]

Das Urteil

Entstehung: Über die Entstehung berichtet der Autor selbst in
einer Eintragung, die dem im »sechsten Tagebuchheft« im Anschluß an eine Eintragung vom 20. September 1912 niedergeschriebenen Text unmittelbar folgt: »23 [September 1912]
Diese Geschichte ›das Urteil‹ habe ich in der Nacht vom 22 zum
23 von 10 Uhr abends bis 6 Uhr früh in einem Zug geschrieben.« (KKAT 460) Den Entschluß, die Erzählung zu veröffent-
lichen, faßte er schon am Tag nach ihrer Fertigstellung; in dem
erwähnten Bericht über die Entstehung heißt es: »[...] Freude
daß ich etwas Schönes für Maxens Arcadia haben werde«
(KKAT 461). *Arkadia* war der Titel eines Jahrbuchs, das Max
Brod damals für den Rowohlt-Verlag (der kurze Zeit später von
Kurt Wolff übernommen wurde) zusammenstellte und das –
mit der Erzählung Kafkas – 1913 vorgelegt wurde. Kafka hielt
Das Urteil für eine seiner gelungensten Erzählungen und betrieb in der Folge weitere Veröffentlichungen des Textes. 1916
erschien er als Einzelband in der Reihe »Der jüngste Tag« des
Kurt Wolff Verlags; Kafka verbesserte für diesen Neudruck
nachweislich den Zeitschriftendruck von 1913. Dieser Druck ist
daher die Textgrundlage für die vorliegende Ausgabe. Seine Beteiligung am Zustandekommen der zweiten Auflage, die zwischen 1920 und 1922 erschien, ist hingegen nicht gesichert.

Überlieferung: handschriftlich im »sechsten Tagebuchheft«; zur
Textgestalt der handschriftlichen Fassung siehe KKAT 442–460.
Die Titelgebung findet sich erst in der Eintragung, die sich an
den Text anschließt (KKAT 460).

Schluß des *Urteils* und Notiz zu seiner Entstehung
in Kafkas »sechstem Tagebuchheft«

Drucke:

Das Urteil. Eine Geschichte von Franz Kafka. [Widmung:] Für
  Fräulein Felice B. In: Arkadia. Ein Jahrbuch für Dichtkunst.
  Hrsg. von Max Brod. Leipzig: Kurt Wolff, 1913. S. 53–65.

Franz Kafka: Das Urteil. Eine Geschichte. [Widmung:] Für F.
  Leipzig: Kurt Wolff, 1916. (Der jüngste Tag. Bd. 34.) [Text-
  grundlage.]

Franz Kafka: Das Urteil. Eine Geschichte. [Widmung:] Für F.
  München: Kurt Wolff, [o. J.]. (Der jüngste Tag. Bd. 34.)

In der Strafkolonie

Entstehung: Der Text entstand, als die Arbeit an dem Roman
Der Proceß, den Kafka um den 13. August 1914 begonnen hatte,
ins Stocken geriet und er sich bei der Arbeiter-Unfall-Versiche-
rungs-Anstalt, bei der er tätig war, Urlaub nahm, »um den
Roman vorwärtszutreiben« (7. Oktober 1914; KKAT 678). Dieser Urlaub dauerte vom 4. bis 18. Oktober, und aus einer Tagebucheintragung vom 31. Dezember 1914 geht hervor, daß Kafka
in dieser Zeit nicht, wie er geplant hatte, den *Proceß* fortführte,
sondern statt dessen ein Kapitel des im September 1912 begon-
nenen und im Februar 1913 vorläufig beiseite gelegten *Amerika*-Romans *Der Verschollene* und die Erzählung *In der Strafkolonie* fertigstellte: »Geschrieben an Unfertigem: Der Proceß,
Erinnerungen an die Kaldabahn, Der Dorfschullehrer, Der
Unterstaatsanwalt und kleinere Anfänge. An Fertigem nur: In
der Strafkolonie und ein Kapitel des Verschollenen, beides während des 14 tägigen Urlaubs.« (KKAT 714 f.)

Kafka bot den Text 1916 dem Kurt Wolff Verlag an, der bereits *Die Verwandlung* in seiner Reihe »Der jüngste Tag« vorgelegt hatte. Der Verlag hatte den Wunsch nach einem umfangrei-
cheren Werk des Autors geäußert, Kafka, dem kein solcher Text
zur Verfügung stand, hatte daraufhin die Veröffentlichung eines
»Novellenbandes« vorgeschlagen, der unter dem Titel »Strafen«
Das Urteil, *Die Verwandlung* und *In der Strafkolonie* enthalten sollte. Nach dem Gegenvorschlag des Verlags, *Das Urteil*

und *In der Strafkolonie* in einem Band zusammenzufassen, ver-
zichtete Kafka zunächst jedoch auf eine Veröffentlichung der
Strafkolonie, um die Einzelpublikation des *Urteils*, an der ihm
besonders viel lag, nicht zu gefährden. Nach Erscheinen des
Urteils setzte er sich dann aber für einen Einzeldruck der *Strafkolonie* ein. Wolff machte in einem Brief vom 1. September 1917
seinem Autor, von dem er inzwischen das Manuskript des
Landarzt-Bandes erhalten hatte, den Vorschlag, gleichzeitig mit
der Sammlung von Prosastücken auch die *Strafkolonie* zu ver-
öffentlichen: »[...] in dem Gefühl, daß eine Vereinigung der
kleinen Prosaschriften, die Sie unter dem Gesamttitel ›Der
Landarzt‹ zusammenfassen wollten mit der großen Erzählung
›Die Strafkolonie‹ in einem Buch redaktionell nicht sehr glücklich wäre, möchte ich gern vorschlagen, ›Die Strafkolonie‹
gleichzeitig mit den kleinen Prosastücken, aber in einem gesonderten Bande für sich herauszubringen. Ich verhandle eben mit
der Druckerei Poeschel & Trepte, ob sie in der Lage ist, diese
beiden Bücher sogleich in Angriff zu nehmen und zwar in der
gleichen für mein Gefühl wunderschönen Druckausstattung, in
der seinerzeit ›Die Betrachtung‹ erschien. Wären Sie grundsätzlich mit dieser Absicht einverstanden?« (Wo 45)

Kafka erklärte sich grundsätzlich einverstanden, äußerte aber
selbst Kritik an der *Strafkolonie*: »Zwei oder drei Seiten kurz
vor ihrem Ende sind Machwerk, ihr Vorhandensein deutet auf
einen tieferen Mangel, es ist da irgendwo ein Wurm, der selbst
das Volle der Geschichte hohl macht. Ihr Angebot, diese Geschichte in gleicher Weise wie den Landarzt erscheinen zu lassen
ist natürlich sehr verlockend und kitzelt so, daß es mich fast
wehrlos macht – trotzdem bitte ich die Geschichte, wenigstens
vorläufig nicht herauszugeben.« (Wo 45 f.)

Wolff gab jedoch den Gedanken an eine Veröffentlichung
nicht auf und bot am 11. Oktober 1918 die Aufnahme des Textes in eine neue Reihe des Verlags an: der der »Drugulin-
Drucke«. Er ließ das bei ihm liegende Manuskript der Erzählung zur Überarbeitung an Kafka zurückschicken. Dieser rea-
gierte, weil er schwer erkrankt war, erst am 11. November:
»Fast mit dem ersten Federstrich nach einem langen Zu-Bett-
liegen danke ich Ihnen herzlichst für Ihr freundliches Schreiben.

Hinsichtlich der Veröffentlichung der ›Strafkolonie‹ bin ich mit
allem gerne einverstanden, was Sie beabsichtigen. Das Manu-
script habe ich bekommen, ein kleines Stück herausgenommen
und schicke es heute wieder an den Verlag zurück.« (Wo 50) In
der veränderten Form erschien der Text dann im Oktober 1919.

Überlieferung: Handschrift nicht erhalten. – Druck:

Franz Kafka: In der Strafkolonie. Leipzig: Kurt Wolff, 1919.
 [Textgrundlage. – Angabe im Impressum: »Dieses Buch
 wurde als viertes der neuen Folge der Drugulin-Drucke im
 Mai 1919 für Kurt Wolff in der Offizin W. Drugulin in Leipzig in einer einmaligen Auflage von 1000 Exemplaren ge-
 druckt«]

Abgekürzt zitierte Ausgaben

BKB   Max Brod. Franz Kafka. Eine Freundschaft. Briefwechsel.
       Hrsg. von Malcom Pasley. Frankfurt a. M.: S. Fischer, 1989.

Br   Franz Kafka: Briefe 1902–1924. [Hrsg. von Max Brod unter
       Mitarb. von Klaus Wagenbach.] Frankfurt a. M.: S. Fischer,
       [1958].

F   Franz Kafka: Briefe an Felice und andere Korrespondenz
       aus der Verlobungszeit. Hrsg. von Erich Heller und Jürgen
       Born. Mit einer Einl. von Erich Heller. Frankfurt a. M.:
       S. Fischer, 1967.

KKAN   Franz Kafka: Schriften, Tagebücher, Briefe. Kritische Aus-
       gabe. Hrsg. von Jürgen Born, Gerhard Neumann [u. a.].
       Frankfurt a. M.: S. Fischer, 1982 ff.

       – Nachgelassene Schriften und Fragmente I. Hrsg. von Mal-
         colm Pasley. Textband. 1993. – Apparatband. 1993.

KKAT   – Tagebücher. Hrsg. von Hans-Gerd Koch, Michael Müller
         und Malcolm Pasley. Textband 1990. – Apparatband.
         1990.

Wo   Kurt Wolff. Briefwechsel eines Verlegers 1911–1963. Hrsg.
       von Bernhard Zeller und Ellen Otten. Erg. Ausg. Frank-
       furt a. M.: Fischer Taschenbuch Verlag, 1980.